Mercedes Reballo

EL COLOR DE SUS OJOS

El misterio de la caja

MERCEDES REBALLO

El Color De Sus Ojos / *El misterio de la caja*

© *Mercedes Reballo*

ISBN: 979-8445669906

Edición y Diagramación por la autora.
reballom@gmail.com

Dedicatoria

Dedico este libro con cariño a mi amiga Leticia y a mi hermana María Tebez.

Mercedes Reballo

Agradecimientos

Mis profundos agradecimientos a mis hermanos y a mis adorados hijos por el apoyo.

Mercedes Reballo

Capítulo uno
La Madre

—Doctor Benjamín tiene usted una llamada.
—Doctor; disculpe. ¿Me escucha?
— ¿Qué?...
—Le decía que tiene una llamada. ¿Va a contestar?
—Es una señorita de la capital, dice que vio el anuncio y desea hablar con usted —le comunicó Alicia.
—Está bien, páseme el teléfono.
—Hola — soy el Dr. Benjamín. ¿Con quién tengo el gusto?
—Doctor — me llamo Mariel Sagarra.
—Tengo interés en quitar un turno con usted.
—Debió hacerlo con la secretaria —contestó el doctor.
—Entiendo que usted realiza hipnoterapia, quería hablar directamente con usted.
— ¿Será que podrá realizarme una hipnosis? —preguntó Mariel.
—Por qué cree que debe hacerse una.
—Yo deseo recordar, siento que he olvidado algo importante.
—No sé quién soy, ni de dónde vengo, sospecho que he sido adoptada —dijo ella con la voz entre cortada.
— ¿Cuántos años tiene? —preguntó el doctor.
—Tengo veinte cinco. ¿Me podrá atender?
— ¿Hola? ¿Sigue ahí? —dijo Mariel y se quedó en silencio escuchando el sonido de la respiración del doctor a través del teléfono unos segundos.
—La espero mañana a las diez de la mañana.
—No falte —dijo el doctor y colgó.
Bien, mañana será el día pensó ella.

Un mes antes.

Mariel despertaba en plena madrugada agitada con la frente sudada, otra vez había tenido aquel sueño donde regresaba el tiempo atrás y volvía a ser una niña.

Se encontraba justo enfrente a una pequeña casa tipo cabaña, miró su mano y comprobó que la sujetaba una persona, pero nunca podía verla.

Sentía miedo, no quería entrar en aquel lugar de mal aspecto, pero debía hacerlo y entonces despertaba.

—¿Otra pesadilla cariño?

—Lo siento, no quería despertarte —respondió Mariel colocándose de lado y ahí estaba de nuevo, sintiéndose indiferente con la sensación de estar sola en compañía de su prometido Alejandro, como si perteneciera a otro lugar, a otra persona o simplemente a nadie.

Sin poder regresar al sueño, se levantaba de la cama y se dirigía al balcón del departamento, allí una vez más se disponía a contemplar el amanecer en la ciudad.

Al llegar a su casa Mariel es recibida por su mascota, un perro negro robusto de la raza Pitt Bull.

—Hola mi pequeño, te extrañe sabes. ¿Tú me extrañaste?

—Tu perro estúpido. ¡Estuvo ladrando toda la noche!

—¡No vuelvas a dejarlo! —exclamó Elena la madre de Mariel.

—Hola mamá, seguro tenía hambre, te pedí que le dieras su comida. ¿Por qué no se la diste?

—Debí olvidarlo, será mejor que no vuelvas a dejarlo tanto tiempo, yo no soy niñera de nadie.

—Debes verte con ese hombre, solo unas horas, una noche es demasiado, o entonces que te más dinero.

—Estoy harta de vivir en esta casa, tiene goteras, tú puedes conseguirla.

—Mamá; por favor no empieces, no me presiones tanto.

—Tendrás todo eso, estoy estudiando —dijo Mariel.

—Si tu padre viviera estaría muy decepcionado de ti. Hablaremos luego, tengo grandes ideas para conseguir más dinero y harás lo que yo te diga —aclaró la mujer sonriendo.

—Bien. ¡Vamos chico! Te daré de comer en la habitación —interrumpió Mariel y se dirigió a su cuarto.

Mientras Tomás el perro se devoraba la comida, una lágrima caía por la mejilla de Mariel, repasando sus recuerdos con su madre y era difícil de entender pues no tenía ni uno solo bueno, lo cual la entristecía. Se sentía poco apreciada, como si su existencia fuera simplemente un estorbo.

Se apresuró en salir nuevamente de la casa, ésta vez a su trabajo de cajera en el Gran Café, ahí pasaría el día hasta el anochecer y luego procedería a la facultad donde cursaba el último año de administración de empresas.

— ¿Mariel? ¡Qué temprano has llegado!

—Hola Leticia; ya ves, a veces sólo quiero salir de mi casa.

—Debes mudarte; ya te lo he dicho —respondió Leticia.

—No es tan simple, mamá se enfadaría bastante.

—Tan solo la idea la ofendería y no sé cómo reaccionaría.

—Ella cree que estaremos siempre juntas, pues soy su única hija.

—Amiga. ¿Cuándo entenderás que debes salir de ella?, para tener paz. ¿Qué importa lo que diga? Ya eres mayor de edad.

—Es que no lo entiendes Leti; yo no quiero provocar que se enoje, de por sí siempre está molesta conmigo, pero eso realmente la enfadaría.

—Desde que mi padre ya no está, todo ha cambiado.

—Antes que saliera con un hombre era un problema. Ella lo tomaba como un pecado, una terrible falta de mi parte, pero ahora en cambio; me lanzaría a los brazos de cualquiera, por dinero.

— ¡Hay… mi querida amiga!

—Quisiera hacerte un lavado de cerebro sabes. Déjame contarte algo y solo piensa en ello luego.

—Un día leí que se ha hecho un estudio a ciertas mujeres, analizando sus casos y han llegado a la conclusión que tenían lo que se llama "El Síndrome de la progenitora tóxica"

—Simplemente ellas no tienen la capacidad, se sentir amor por sus hijos. No les nace el sentido de la protección, los cuidados, el afecto ni ningún sentimiento de ternura. Si no que por lo contrario tienden a odiar.
—Pues ese niño le arrebató algo, su vida, su tiempo, su cuerpo.
—Si tienen una niña, por lo general la envidian, pues ésta de cierta manera es una amenaza, es joven y se ven cohibidas con su presencia.
—Por lo que optan a hacerles la vida desgraciada a sus propias hijas; o por lo general las abandonan al nacer, o se deshacen de ellas, de otra manera mucho peor.
—He visto cómo te trata, esa mujer no te quiere y cuando lo aceptes, te sentirás bien.
—Porque dejaras de mentirte —dijo Leticia mientras ordenaba una mesa.
—Gracias por tus palabras Leti, pero mi madre si me quiere, ¿sabes? – Solo creo que ha tenido una infancia difícil.
—Tal vez no le han dado cariño, pues ella nunca me lo dio a mí, pero yo la entiendo.
—Lo más parecido a amor que tuve de ella, fue cuando a veces fingía acariciarme el rostro delante de mi padre, pero cuando el miraba para otro lado, me daba un pequeño golpe en la cabeza y eso significaba que me fuera a mi habitación, hasta me da risa ahora —exclamó ella exhibiendo humor.
—Está bien; mejor nos ponemos a trabajar —expuso Leticia.
Entonces fueron llegando los demás empleados y algunos clientes a desayunar.
El Gran Café era un bar confitería, donde recientemente se había habilitado también las viandas de almuerzo. Por lo general llegaban hombres oficinistas del centro, a veces en grupo y no era extraño que algunos se quedaran encantados con la belleza de Mariel, viéndola durante varios minutos.
Ella era una chica de estatura media, cabello encrespado color miel, ojos verdes y rostro bonito, pero de sonrisa apagada, generalmente espantaba a sus admiradores, era muy sería y arisca.
Llegando la noche, le dolían sus pies, pero debía ir a la universidad a exponer lo mejor de ella en sus últimos exámenes.

El color de sus ojos

Tenía a su favor un método de aprendizaje que lo usaba desde la escuela. Consistía en repasar las clases una y otra vez, mucho antes de rendir. Entonces al llegar el momento, solo le daba lugar a su memoria para hacer el trabajo.

Siempre era la primera en entregar la hoja y se disponía a ir a descansar. Su novio Alejandro la recogería a la salida.

— ¡Señorita Mariel! —aclamó el secretario del director.

— ¿Si?

—No se vaya; el director desea hablar con usted, la espera en la dirección — Por favor sígame, la llevaré —dijo el señor.

— ¿Qué querrá? Pensaba Mariel mientras caminaba en los pasillos extensos del edificio.

—Buenas noches, señor director —saludó Mariel, tímida.

—Señorita, siéntese.

—Como sabrá; yo soy el director desde que su padre falleció — Antes que nada debo felicitarla, es usted nuestra mejor estudiante.

—Tendrá un reconocimiento por ello. Sin embargo estuvimos preparando los documentos de cada alumno para lo de la titulación, certificados y otros, hemos encontrado ciertas anomalías; o alteraciones irregulares en su documentación estudiantil, esa es la cuestión.

—No comprendo —interrumpió ella confusa.

—Señorita Mariel; en su certificado de estudio no figura gran parte de los grados de la primaria y no es posible que sea legal.

—Tiene contradicciones en su apellido y el sello es falso, no corresponde al ministerio, lo he investigado antes de hablar con usted

—No puede ser señor, debe haber algún error — créame; mi padre no haría algo así —aseguró ella y siguió.

—Él estuvo aquí durante muchos años como director y nunca tuvo ningún problema que yo sepa.

—Sino; yo lo sabría y de cualquier forma, tal vez eso se deba a que los primero años de primaria, los he hecho en mi casa.

—Venía un profesor particular a darme las clases a mi domicilio.

—¿Por qué razón? Digo…discúlpeme no quiero ser introvertido. ¿Pero es curioso no? ¿Por qué no figuran en su certificado estudiantil esos grados? El primero, segundo y tercero, son tres años donde usted no tiene registro de haberlos realizado.

—No lo sé, no recuerdo mucho esos años de mi vida —dijo Mariel agitando sus rodillas y juntando sus manos.

—Ya veo, a ver; haremos esto juntos.

—Dígame usted. ¿Se ha inscrito aquí o lo hizo su padre? —interrogó el director.

—Lo hizo mi padre, él siempre se ocupó de esas cosas.

—¿Incluso del colegio? Donde curiosamente también ejerció como director por dos periodos.

—Disculpe, pero no me siento bien hablando de esto.

—Mi padre ha muerto y aún no lo he superado. Hablaré con mi madre sobre este asunto y luego volveremos a hablar —aseguró ella.

—Señorita Mariel; yo solo quiero ayudarla.

—Podemos resolver esto juntos.

—Está bien, será luego — debo ir a mi casa ahora; buenas noches señor director.

Mariel salió de la secretaria de la dirección confundida, recordando a su padre, sus palabras seguían allí. Por lo general estaba ausente y su madre siempre afirmaba que seguramente estaba por ahí haciendo cosas indebidas

—No puedes confiar en los hombres — ¿Lo ves? —decía mientras ella lo esperaba, observando en la ventana a ver si venía. Entre los dos, ese señor que tal vez mentía y era malvado como su madre aseguraba, él era amable con ella y siempre la defendía.

Cada día sentía más su ausencia, cuándo él vivía todo era más fácil, su madre sonreía a veces y parecían una familia feliz.

—Ahí estás amor, llevo esperando aquí un buen rato —dijo Alejandro.

—Pero… ¿qué ocurre? ¿Por qué lloras? —interrogó Alejandro.

—Llévame a mi casa por favor —respondió ella y en el camino le contó todo lo que le dijo el director.

—Te lo aseguro; debe ser todo un mal entendido, se resolverá —añadió él y siguió.

—Está bien, te confieso que me parece extraño —debes averiguar cómo resolverlo concéntrate en ello.

—La próxima vez que hables con el director; pregúntale cuál sería la solución, lo importante es que termines tu carrera.

—Bien eso aré —anunció Mariel.

En el camino llegaron a una pizzería, luego siguieron el viaje.

—Y querida, ¿crees que puedas venir conmigo el fin de semana a Encarnación a visitar a mis padres?

—Mi madre quiere conocerte, me está volviendo loco —aseguró él.

—Me gustaría; pero debo trabajar. Tal vez podríamos ir el próximo fin de semana.

—Amor ya te he dicho que deberías dejar tu empleo, me ocuparé de ti y de tu madre —dijo Alejandro.

—Gracias; pero me gusta trabajar— Me mantiene la mente ocupada y tú de por sí, ya me ayudas, eres generoso.

—¡Vaya! ¿Estás siendo cariñosa? —expuso Alejandro con una sonrisa.

—Gracias por traerme, nos vemos el miércoles —dijo ella mientras se bajaba del auto.

—¡Oye! ¿Quieres salir a cenar mañana?

—Te avisaré —declaró Mariel en lo que se alejaba.

Mariel abrió la puerta de la entrada de su casa y de costumbre fue recibida por Tomás, que agitaba su cola de un lado a otro.

—Hola amiguito. ¿Quién es el perro más hermoso del mundo? ¡Ah!... dímelo.

—¡Eres tú! – claro que sí mi pequeño.

—¡Mamá... ya llegué!

—¿Por qué llegas recién? —reclamó Elena.

—Estaba hablando con el director —dijo Mariel.

—No me digas y... ¿Te acuestas con él?

—¡Por supuesto que no! No digas esas cosas por favor.

—Solo quería hablar conmigo a cerca de mi antecedente de estudios; dice que no coinciden algunas cosas.

—Ya veo. ¿Y qué me trajiste de cenar? —preguntó Elena

—Te traje pizza —toma —le dijo en lo que la observaba acomodarse en el comedor con gran serenidad, ignorándola por completo. Entonces se acercó lentamente a ella y se sentó a su lado mirándola.

—Yo... quería preguntarte algunas cosas madre.

—Recuerdas; cuando papá estaba internado en su última noche, fui a verlo, el me repetía una y otra vez que lo perdonara y se lo veía muy abatido.

—¿Sabes a que se refería? —Pues no recuerdo que me haya hecho algo malo, ni siquiera discutía conmigo.

—No lo entiendo.

Los ojos de su madre se dilataban engrandados y brillosos, miraban fijamente a una sola dirección, comía de prisa con sus manos y parecía no escucharla.

—Mamá... ¿sabes dónde papá guardaba mis documentos?

—Quiero ver mi certificado de nacimiento —dijo Mariel y tan rápido como terminó la frase, sintió que la mesa completa se movió hacia ella y de seguido vio partes de los brazos de su madre acercarse a su rostro

— ¡No tienes certificado de nacimiento pequeña zorra! —le gritó mientras le dio un golpe en la cara y para protegerse de ella Mariel se deslizó al suelo cubriendo su cara, pero la mujer cambio de humor de inmediato. Comenzó a alzar las cosas que se habían caído al suelo, como parte de la pizza y cubiertos.

—No lo entiendo. ¿Por qué me odias tanto? — ¿Qué fue aquello que hice que no puedes perdonar?

— ¡dímelo! —le dijo Mariel, pero no tuvo respuesta, a Elena se la veía alegre, tranquila y seguía comiendo como si nada.

Mariel se quedó viéndola unos segundos, luego las lamidas de su perro la convencieron de salir de allí.

Esa noche no podía dormir pensando en las cosas, comenzó a sospechar que le habían ocultado algo. ¿Pero que era?

Tal vez Leticia tenía razón y su madre no podía sentir afecto, pero de igual manera no podía culparla, era inevitable sentir compasión por ella.

El padre de ella vivía en la ciudad de Encarnación con su hija mayor. Pensó que tal vez debería viajar e investigar con su abuelo materno todas sus dudas.

Su padre Julio decía que tuvo unos desacuerdos con su familia, por lo que se alejaron perdiendo todo tipo de lazos con ellos, pero no le gustaba hablar de ello. Entonces Mariel no indagaba.

Por la mañana Tomás olfateó su rostro y eso la despertó. Después de una noche de corto sueño, con la vista pequeña miró a alrededor de su cama y se levantó sin ganas.

— ¡Pequeño sinvergüenza! Me despertaste, debo ir a trabajar para mantenerte verdad —dijo entre una risa agotada, acariciando su cabeza.

— ¡Vamos amiguito a desayunar!

Mariel se dirigía al comedor por el pasillo. Cuando llegó a la puerta de entrada, vio a su madre parada frente a la mesa. Estaba de espaldas y hacía unos movimientos extraños, como si estuviera manipulando algún objeto con las manos y lloraba murmurando.

Tomás; el perro entró, la observó de frente y comenzó a ladrar.

— ¡Tomás, basta!

—Hola mamá, ¿estás bien?

— ¿Qué es lo que haces? —dijo mientras la rodeaba para ver sus manos

Su corazón se aceleró de golpe, al ver una tabla de picar verduras cubierta de sangre. La mitad de un dedo yacía a un costado de color rojo y el otro se lo estaba cortando con un viejo cuchillo.

El terror invadió su cuerpo, la miró y su rostro estaba pálido, lleno de residuos de lágrimas y maquillaje. Pensó en el filo de aquella arma blanca y asimiló que su vida corría peligro, pero dentro de sus dudas y miedos, sintió pena y amor por su madre y se acercó a ella para salvarla aunque ese fuera su fin.

—Mamá... por favor suelta ese cuchillo — ¡Está bien!... no pasa nada, te llevaré al doctor.

—Dame ese cuchillo. ¡Anda! —dijo con su voz baja y le pasó la mano en la espada, ella se dio la vuelta lentamente con los ojos perdidos y el filo en sus manos apuntando a Mariel.

—Mariel la abrazó sintiendo aquella punta mortal en su vientre y la sangre de su madre gotear sobre sus pies.

—Todo estará bien mamá... tranquila.

—Te tengo; suelta eso de la mano, por favor —añadió y seguido escuchó el sonido del cuchillo caer en el suelo.
— ¿Mariel? ¿Eres tú? —dijo Elena en su desvarío.
—Sí, mamá, debemos ir al hospital de urgencias.
—Eres muy resistente al dolor; ¿sabes?
Elena la miró justo a la cara, colocó sus dos manos sobre sus mejillas cubriéndola de sangre.
— ¿Mami?... debo llevarte al hospital —dijo ella apenas.
— ¡Déjame!... quiero ver tu rostro —Tienes los ojos verdes.
— ¡Tú nunca podrás ser mi hija! —exclamó con las voz débil y luego se desvaneció.
Mariel la arrastró hasta la sala y llamó una ambulancia y mientras esperaba que lleguen. En el sanitario lavaba su rostro mientras sentía que aun temblaba.
Cuando su madre entró a cirugía en el hospital, llamó a su empleo a avisar lo ocurrido y luego se sentó a esperar en la banca.
Después de un tiempo considerable salió un médico de la sala.
— ¿Familiares de la señora Elena Moreno?
—Yo soy la hija. ¿Cómo está mi madre doctor? —dijo Mariel.
—Sígueme, hablaremos en mi consultorio.
—Bueno; toma asiento por favor —Soy el Dr. Guillermo González.
—Mira; tu madre perdió dos dedos, no pudimos hacer nada pues los machacó a tal manera, que fue imposible recuperarlos.
—Ella está en aislamiento, puesto que según relatos en el registro, se ha provocado ella misma la mutilación.
—Deberá verla uno de nuestros especialistas mentales y cuando ellos le den su alta entonces, yo podre darle la mía.
—Ahora deberemos tenerla en observación también la encontré con la presión muy alta.
—Doctor; yo aún estoy asombrada por lo que hizo, no lo entiendo.
—Debió verla, ella ni siquiera mostraba dolor al serruchar sus dedos.
—Es natural en las personas con algún problema muy grande de depresión; o rangos mentales.
—De alguna manera minimizan o anulan el dolor.

El color de sus ojos

—No puede recibir visitas por ahora, por lo tanto puedes ir a tu casa si quieres.

—Mañana la verá el psiquiatra de turno, cuando se sienta más dispuesta.

—Veo que tienes un golpe en la zona del ojo.

—Tal vez debas ir asumiendo que ella necesita un lugar donde puedan tratarla y vigilarla constantemente —dijo el doctor.

—Comprendo, muchas gracias doctor —respondió Mariel con los ojos aguados.

Cuando llegó a la salida, Alejandro la esperaba cruzado de brazos frente a su auto, con sus lentes oscuros y de corbata. Siempre que lo veía ahí en su espera, tan dispuesto y seguro se hacía la misma pregunta. ¿Será que merezco su amor?

Era un hombre atento, como quién diría; un caballero. Tenía la capacidad de no dar ningún problema, además de tener paciencia era gentil, ojos oscuros, piel morena y esbelto, de elegancia en su vestimenta. Su cabello siempre rebajado y su sonrisa marcada, cualquier mujer podría quererlo, sin embargo Mariel sólo veía un hombre como cualquier otro.

Hacía ya tiempo, que tenía muchas dudas acerca de su relación, al parecer no estaba enamorada. ¿Cómo saberlo si nunca antes lo había estado?

Y ahí estaba el con una sonrisa en los labios, en su espera. Al llegar la abrasó y le dio un beso, luego le abrió la puerta del auto.

—Bueno. ¿Adónde quieres ir amor? —le preguntó el.

—A mi casa, quiero buscar mis documentos. ¿Me ayudas?

—¡Por supuesto! Te ayudaré en lo que sea.

—¿Y qué te ocurrió en el ojo?

—Si te lo hizo tu madre, la internaremos en un acilo; o un centro de salud mental, no permitiré que te lastime.

—No; no fue ella, yo... me golpee sola tratando de ayudarla.

—Ya veo, pero mi amor. ¿Entiendes que lo que hizo, es preocupante?

—La próxima vez podría acabar con su vida; o lastimarte a ti —aseguró el.

—No, ella está sufriendo por eso hizo eso.

—Cuando mi padre estaba, él siempre la medicaba.

—Tal vez, tomaba antidepresivos no lo sé.

—Debí encargarme de eso, ahora veo que siempre me tuvieron al margen de las cosas.
—En mi opinión sólo alguien enfermo haría eso, pero es tú madre.
—Yo te apoyo en lo que decidas —insistió el
—Gracias —respondió Mariel.
Camino a casa iba pensando en todas las cosas que no tenían sentido. Ojalá pudiera su padre volver y explicarle todo, pero no estaba, se había ido.
Al llegar se apresuró a entrar a su casa con cierto miedo a lo que fuera a encontrar, nunca antes había entrado en la habitación de su madre sin que ella estuviera allí y siempre tuvo prohibido hacerlo.
—Bien ya llegamos amor. ¿Puedo entrar a tu casa?
—Sí claro —respondió Mariel.
Entraron y en el piso había un camino de gotas de sangre. Tomás se encontraba encerrado en el patio de atrás, se lo escuchaba ladrar entre llanto.
—Debo limpiar esto y meter a Tomás —anunció ella.
—Yo lo limpiaré querida, tu ve a buscar los documentos, cuando termine de asear, dejaré entrar al perro; no va a morderme o sí?
—No, para nada, él es muy bueno —afirmó Mariel.
Entonces se dirigió al cuarto de su madre, cuando entró observó a su alrededor, era oscuro y frío. Abrió las cortinas y el sol iluminó, no había focos, los tubos de fluorescentes estaban vacíos, el de los veladores también, como si lo hayan extraído. ¡Qué extraño!, pensó, buscó en los cajones de la mesita de luz, en los de la cómoda, en cajas del tocador y nada, solo quedaba el placar.
Abrió sus dos puertas a la vez, tenía una pequeña caja fuerte, intentó abrirla, pero estaba llaveada. Ahora debía buscar la llave, volvió a rebuscar en los mismos lugares.
Frente al espejo había un estuche de porcelana, la abrió y adentro se encontraban unas cuantas joyas, al fondo se podía ver una llave de color plata y la tomó.

El color de sus ojos

La introdujo lentamente y la pequeña puerta se abrió, adentro había una carpeta con hojas, un pequeño álbum, y una cajita negra de joyas. Todo lo puso cuidadosamente en la cama, siéndose como una niña traviesa que luego de seguro sería castigada.

Tomó la carpeta con las dos manos y se sentó en la en la orilla. En eso entró Alejandro con Tomás entre sus pasos, quién buscó su amor de inmediato, liberó sus manos para acariciarlo.

—Mi pobre pequeño, seguro estabas preocupado. ¿A que sí?...

—Bueno; ya estoy aquí. ¿Lo ves? Yo te cuidaré; lo sabes —expresó Mariel con una voz dulce mientras su novio la miraba estupefacto.

—¡Vaya! Eres más cariñosa con el perro que conmigo.

—Estoy oficialmente celoso de ti Tomás; me caes muy mal ahora.

—No seas tonto, él es un bebé —dijo Mariel con gracia.

—Claro; ¿y qué has encontrado?

—Ahora veremos que hay aquí —respondió ella.

—Es una carpeta de maternidad, mira son estudios de mi madre de su embarazo, ecografías, análisis de laboratorio —alegó ella y Alejandro se acomodó a su lado.

—Ya veo pero mira el año, eso es de... haber déjame ver ¡ah!... son casi de unos 31 años atrás. ¿Has tenido un hermano? —interrogó él.

—Qué extraño nunca me lo han dicho.

—Tal vez mi madre lo perdió por eso no me han hablado de eso y aquí hay una receta y una observación.

«La paciente Elena Morena de 20 años, diagnosticada con esquizofrenia en su estado de 27 semanas de gestación, requiere tratamiento y seguimiento profesional. Doctor Gustavo Guzmán. Receta, antipsicótico Onlazapini 10mg».

—No logro comprender porque me han ocultado esto.

—Mi madre está enferma entonces —continuó Mariel.

—No lo sé, pero sigamos el proceso del embarazo.

—Mira este estudio revela que estaba embarazada de aprox. 38,3 semanas de gestación.

—Busca el parto, debe haber un certificado de nacimiento, un alta; o una constancia de internación —dijo Alejandro

—No hay nada más —aseguró Mariel volviendo a revisar cada hoja.

— ¿Y este álbum de fotos? Es tú madre con una vestimenta extraña.

—Creí que en esas épocas se usaban las polleras después de las rodillas y éstas son de su casamiento —explicó Alejandro.

—Déjame ver...

—Y en ésta, estaba embarazada.

—Aquí hay una de un bebé, debe ser ésta tu hermana, no eres tú –Digo; mírala es morenita de cabello negro y ojos oscuros —comentó Alejandro.

Mariel se quedó mirando a la pequeña de la fotografía y le vino a su mente las palabras de su madre, cuando la miró a los ojos y dijo — ¡Tú nunca podrás ser mi hija! y sus ojos se colmaron de lágrimas.

— ¿Qué pasa mi amor? —preguntó Alejandro y seguido sintió el abrazo de Mariel.

Por primera vez lo abrazaba ella, siempre era el quien mostraba afecto, los abrazos, caricias y palabras de amor, ella solo se entregaba en la intimidad y luego de eso volvía a ser distante.

—Creo que esa mujer nunca me quiso y todo indica que no es mi madre biológica. ¿O entonces que es?
—exclamó Mariel.

—Debe Haber una explicación amor y si no encontramos nada, es muy simple debemos ir a un registro público, solicitar tu certificado de nacimiento.

—Aquí hay un nombre, fue recortado de un periódico: "Isabel"

— ¿Quién será? ¿Conoces a alguien con ese nombre entre tus familiares?

— ¿Isabel? No; no conozco a nadie —aseguró ella.

—Bueno, sigamos buscando —añadió Alejandro y después de un buen rato de búsqueda se dieron por vencidos.

Mariel tenía el número de su abuelo, no eran cercanos pero su padre siempre le incitaba a hablar con él por teléfono, aunque nunca lo visitaban. El señor siempre se interesó en saber cómo estaba ella, debería viajar cuando antes y conocerlo, pensaba.

—Bueno, son las cuatro de la tarde y ya cerró el registro, iremos mañana — Amor...¿quieres venir a dormir conmigo esta noche? Yo te extraño —expresó Alejandro.

—Yo prefiero quedarme aquí, nos vemos mañana.

—Bueno... te buscaré a las ocho entonces —declaró Alejando y se marchó.

En otro lugar a más de trecientos kilómetros de Asunción, de vuelta sus ojos brillaban en un tono de melancolía y alegría al tiempo. Sentado en una banca entre la naturaleza con la vista larga, lo que contemplaban sus ojos le llenaba el alma.

— ¿Y qué hacemos aquí doctor Benjamín?

—Sólo siéntese y cállese.

—Ayúdeme a comprender. ¿Esto es lo que hace siempre?

—Hace tres años que trabajo con usted y aún no me lo dice.

— ¿Por qué viene aquí a sentarse? ¿A quién espera?

—No debe comprender nada, haga su trabajo y ya.

—Hoy no tuve de otra que traerla conmigo, ya que la casa de esa mujer nos queda en el camino y deberá cobrarle el doble.

—El domingo me desperté en plena madrugada y tuve que venir a ayudarla, ya le dije que su hijo debe ser internado y no lo acepta —comentó el doctor.

—Pues es su hijo doctor, no debe ser fácil para ella —explicó Alicia.

—Sabe; en el mundo hay muchas personas que no deben andar sueltas.

—Porque son un peligro para sus familias y también para la sociedad y es necesario que estén en un hospital psiquiátrico; o un reformatorio mental donde se les dará el cuidado necesario —dijo él.

Alicia era la secretaria del Dr. Siempre lo observaba, ya que era un hombre extraño. No tenía esposa ni hijos, vivía solo en una casa muy grande. Nunca se lo veía salir, su vida parecía triste y solitaria, eso era raro pues era un señor apuesto, de unos cuarenta y tantos o cincuenta años.

— Dr. Benjamín; ¿Está usted espiando a esa mujer que camina?

—Es usted una atrevida, ¿le han dicho? —respondió el en voz baja.

—No se enoje, pero... oiga; puede usted, confiar en mí. ¡Lo sabe!

El doctor ignoró el sonido de su voz y solo veía a aquella mujer caminar de prisa. Su cabello tercio se movía al compás de sus pasos de un lado a otro. Tenía la mirada fija al frente y usaba auriculares.

Caminaba alrededor de la manzana arbolada y él se quedaba ahí en la banca de la altura, viendo como desaparecía en la curva y luego de unos minutos regresaba y volvía a pasar y eso hacía casi todos los días.

Después de unos cuarenta minutos, la mujer se subió en una camioneta blanca y se marchó.

—Bueno ya es hora, vayamos a atender al paciente Gonzalo.

—Está bien doctor —dijo Alicia.

El doctor Benjamín tenía su propio consultorio de atención, atendía a domicilio a algunos pacientes y en el hospital psiquiátrico.

Le faltaba pocos años en verdad para jubilarse, pero no tenía intenciones de retirarse, ya que eso era todo lo que tenía, sus pacientes, los pasillos ambulatorios, aquel olor a hospital y las personas.

Hacía lo posible de llenar sus días de la semana, no quería estar en su casa porque es ahí donde la soledad y los recuerdos lo visitaban perturbando su alma. Por lo tanto prefería ser prisionero del trabajo de esa manera mantenía su mente ocupada, así pensaba menos, así el dolor disminuía.

Esa noche después de mucho rato de estar en la cama, Mariel se había quedado dormida. Se encontraba nuevamente frente a la misma casa de siempre, tenía tres escalones en la entrada, una puerta con una cadena grande y candado. Una mano pesada la sujetaba con fuerza, se concentró observando la estructura de aquella extraña vivienda, parecía abandonada y cuando elevó la vista para ver a su acompañante, abrió sus ojos y ya había amanecido.

Se quedó quieta con los ojos medio abiertos, recordando el sueño, el mismo de tantas veces. Después de un rato llegó Alejandro a su puerta, ansioso por lo que habían hablado el día anterior.

—Como amaneciste mi amor. ¿Estás lista?

—Alejandro: yo lo pensé mucho anoche y decidí esperar; primero debo hablar con mi madre.

—No quiero hacer cosas a su espalda —dijo Mariel con la vista al suelo.

—No lo entiendo. ¡Porque la respetas tanto! Es una mujer manipuladora y víbora.

—¿No lo ves? Tu padre ha falsificado tus documentos, te lo ha dicho el director. ¿Por qué haría algo así?

—Debemos ir al registro; o a la policía —sugirió Alejandro.

—No hables mal de mis padres, mi papá no haría algo así— Era un buen hombre.

—Debe haber una explicación me lo dirá mi madre, lo solucionaré con ella. Ahora estará bien, tomará sus medicamentos y lo resolveremos juntas.

—Soy abogado Mariel, sé cómo piensan y actúan las personas.

—Pero está bien, has como tus creas que es mejor, como siempre yo me mantendré al margen.

—Entonces ¿Quieres que te lleve al hospital?

—Sí, por favor —respondió Mariel.

En el camino Alejandro pensaba en muchas formas de iniciar una conversación pendiente con ella, pero no sabía sí hacerlo. Definitivamente no era el momento, tal vez era mejor solo ser amable y comprensivo.

—Ha, me llamó anoche mi madre sabes.

—Quería saber si nos iríamos el fin de semana, y me preguntó que te gustaría comer —dijo el imaginado su respuesta.

—Depende del estado de mi madre, la verdad me gustaría ir y de paso conocer a mi abuelo que vive también en esa ciudad.

—Mi madre solía ir, pero siempre iba sola a visitar a sus hermanas.

—Creo que con su padre, no tenía una buena relación.

—No le gustaba hablar de él, pero yo siempre lo saludé por teléfono, en su cumpleaños; o en el día del padre u otras fechas importantes.

Alejandro la escuchó y luego guardó silencio el resto del camino, porque ya veía venir lo que pasaría.

En el hospital Mariel se anunció y le solicitaron que aguardara en la sala de espera, a su lado un tanto incomodo estaba su novio.

—Puedes irte si quieres, esto puede llevar tiempo —dijo ella, mirando a otro lado.

—Está bien, la verdad no quiero incomodar a nadie —respondió Alejandro y se levantó.

—Llámame si necesitas algo —alegó pero no tuvo respuesta, ni la atención de ella.

Salió del pabellón girando su cabeza hasta el último, para ver si ella lo miraba. Era un hecho que esa mujer no lo quería pensaba, mientras caminaba bajo el sol con sus lentes oscuros.

Entró a su auto y se quedó mirando el asfalto unos segundos, recordando el día en que le pidió matrimonio a Mariel.

Difícilmente aceptó salir a cenar, y en el bar su mente parecía estar en otro lugar, nada la sorprendía. Estaba sentada en el restorán más caro de la ciudad. Todo brillaba como un espejo y ella solo veía la puerta de la salida, y el reloj del celular.

Aun así decidió proponérselo a lo que su reacción no fue nada emocional, tenía una media risa, que parecía fingida y cuando hablo de fecha, ella lo convenció que sería después de recibir su título universitario, pero igual podían ir viendo los temas de la boda. Sin embargo Mariel, en ningún momento había mostrado interés en eso, ni en conocer a los que vendrían a ser sus suegros, siempre ponía excusas para no ir a verlos.

Era su conversación pendiente, quería decirle que se sentía solo y al mismo tiempo con un temor muy grande de estar ilusionado con algo que no iba a ningún lado, donde quizás él, esté siendo solamente usado.

Alejandro tenía un estudio jurídico en el centro, con varios asociados trabajaban allí desde hace varios años.

Un día llego al Gran Café y allí la vio por primera vez con su uniforme de pantalones de jeans y blusa corta. Después de varios intentos fallidos en su invitación, una tarde aceptó. Desde allí la buscaba todos los días y de momento le extraño varias cosas de ella.

Por unos meses lo ocultó ante sus padres, nunca podía dejarla frente a la entrada de su domicilio, si no a unas cuentas casas antes.

Decía que su madre no quería que tuviera novio, y su padre estaba enfermo. En un principio pensó que en realidad, seguramente ella estaba casada o tenía alguien más. Entonces esperó a que el tiempo mostrara la verdad, hasta que un día lo invitó ella misma a su casa.

Esa noche estaba nervioso, iba a conocer a sus suegros, oficialmente la relación a partir de allí sería más seria. La madre era cortante y parecía molesta, el señor en cambio era mucho más cordial, le mostró sus colecciones de automóviles en miniaturas y entabló conversaciones, algunas cosas las recordaba bien.

—Tú me darás una familia numerosa Alejandro, claro si te casas con mi hija.

—Verás, cuando era yo joven, tome mis decisiones y erradas o no, me alejaron de mi gente.

—Tenía una madre y varios hermanos, pero los perdí en un desacuerdo, desde entonces hemos sido los tres nada más —comentó él.

—Entiendo señor —respondió Alejandro.

Desde entonces ya no se sentía escondido, pero Mariel siempre era distante, llegó a pensar que ése era su carácter, pero; ¿cómo sería en unos años?

Con el tiempo comenzó a sentirse rechazado, era increíble su cambio. Cuando estaban en la cama se transformaba, era apasionada y fogosa, pero cuando todo terminaba volvía a ser apática.

Le había propuesto que trabajara con él en la oficina como supervisora en el área de cobranzas, le pagaría más de lo que ganaba en El Gran Café, pero ella rechazó la oferta.

Estaba cansado de hablar siempre de ella a sus padres, porque nunca la veían. Tal vez pensaban que él mentía y que en realidad estaba sólo; o que su novia no tenía ningún interés en conocerlos.

Ese día se sentía triste, llegó a la oficina y se puso a trabajar, y al tiempo cada tanto revisaba su celular a ver si Mariel le había escribido.

Después de unas horas en el hospital, al fin llamaron a Mariel al consultorio.

—Señorita Sagarra; siéntese — Soy el doctor Sacarías psiquiatra de turno.

—Una colega psicóloga y yo; hemos examinado a su madre y coincidimos en que padece de psicosis.

—Es una enfermedad mental grave que se caracteriza por una alteración en la personalidad, acompañada de un trastorno del sentido de la realidad.

«Le preguntamos; porqué se había cortado los dedos y dijo que lo hizo para que su mano no pudiera matar al bebé».

—La desorientación en sus pensamientos me preocupa, temo que vuelva a hacerse daño. ¿Entiende lo que le digo? —le preguntó el.

—Si doctor, no tengo aquí su expediente, pero he encontrado en mi casa una carpeta de hace muchos años atrás, donde consta que fue diagnosticada con esquizofrenia.

—Yo no lo sabía, mi padre la tenía controlada y siempre estuvo bien, supongo. Creo que con una buena medicación ella llevará una vida normal —dijo Mariel.

—Entiendo su punto, pero aunque ella esté medicada no le puedo asegurar nada.

—Si vuelve a atentar contra su persona; o se muestra excesivamente violenta con los demás, bueno; hay lugares donde le proporcionarán seguridad —insistió el doctor.

—Está bien, lo tendré en cuenta. ¿Cuándo podrá regresar a la casa? —preguntó Mariel.

—La tendremos hoy en observación y mañana puede llevarla.

—Esta calmada y tranquila puede entrar a verla, pero el horario de visitas es hasta las cinco de la tarde, para que tenga en cuenta – Mañana le daré las indicaciones junto con el alta.

—Gracias doctor —dijo Mariel, luego consultó en la secretaría el lugar donde se encontraba su madre.

Se dirigió por un pasillo largo y frío, leyendo los letreros de cada sala, hasta llegar a la que buscaba. Abrió la puerta atemorizada, introdujo su cabeza y miró a su madre igual que como cuando era una niña, con miedo a lo que le fuera a decir y pensando en que había fallado.

—Hija… ahí estas. ¡Entra! No estoy molesta.

—Siento haberte asustado. ¿Perdonarás a tu madre verdad? –dijo Elena.

—Claro mamá —respondió Mariel, mirando el suelo.

El color de sus ojos

—Siéntate a mi lado, debo hablar contigo de algo importante —siguió Elena.

Mariel se sentó a su lado, y observó su mano cubierta de gasa blanca.

—Escucha hija; yo soy tu madre, nunca lo olvides.

—No puedes ponerte en contra mía, faltarías a Dios y tú siempre fuiste una buena hija – Yo lo sé todo, tan solo con mi intuición puedo saber lo que has hecho y lo que has pensado.

— ¿Te acuerdas cuando te descubrí que te veías a escondidas con un hombre? – Me lo ocultaste, pero yo lo olí en ti y me lo confesaste.

—No puedes mentirme a mi Mariel.

—Yo… lo sé mamá —dijo ella mientras caía una lágrima por su mejilla y tenía sus manos juntas sobre su falda.

—Ese muchacho no te conoce tanto como yo, no puedes confiar en él, te lo he dicho siempre.

—Los hombres no merecen todo nuestro amor. ¿Sabes porque? — Es porque ellos son débiles lo cual hace que puedan traicionarte, aunque no quieran hacerlo, no hay amor alguno como él de una madre.

— ¿Y recuerdas mi condición para que estuvieras con él? – insistió la mujer.

—Sí, mamá.

—Esa es mi niña, no lo olvides, solo le quitas provecho, él paga nuestras cuentas eso es todo – Eres muy hermosa, ¿lo sabías?.

—Gracias mamá —dijo Mariel.

—Con respeto a la facultad no te preocupes, yo lo resolveré – ¿Crees en mí? —interrogó Elena

—Si por supuesto —respondió Mariel.

—Bien, estoy muy feliz porque te tengo a ti.

—Eres mi única familia – Acuéstate a mi lado querida hija, cuidado con la mano —alegó ella.

Mariel se acostó a su lado en la camilla, tratando de bloquear sus pensamientos.

El tiempo pasaba, y no se animó a preguntar a su madre nada, porque temía a que se moleste. Decidió solo esperar. ¿Qué tal malo puede ser confiar en tu propia madre? Después de todo, siempre le había ido bien obedeciéndola.

Pasó el día con ella y todo iba bien porque su madre estaba de buen humor. Cuando acabó el tiempo se despidió alegre, revisó su celular y había varias llamadas perdidas y mensajes de Alejandro.

Se había olvidado de hablar con él. Entonces le envió un mensaje, diciéndole que regresaría a la casa sola.

—Necesito hablar contigo. ¿Podemos salir ésta noche?
— respondió Alejandro.

—Puedes buscarme a las 9 de la noche —respondió Mariel consiente que él estaba enojado.

—Bien.

Alejandro estaba decidido a hablar con ella esa noche y definir la fecha del matrimonio, la visita a la casa de sus padres, y todo aquello que ella ignoraba.

Frente a un espejo en su habitación, Mariel abotonaba su vestido mirando su reflejo. Se soltó el cabello y lo alisó, luego pasó un colorete por sus labios, y esperó paciente a Alejandro.

Cuando el timbre sonó, tomó su bolso y salió. Abrió la puerta y Alejandro la miro con seriedad.

—Estás muy hermosa; Mariel — ¿Quieres ir a cenar? — interrogo él.

—Prefiero ir a tu departamento, hablaremos allí —dijo ella.

Alejandro asintió y se marcharon. En el camino la miraba de reojo, su vestido se había escurrido unos centímetros, llevaba media red y tacones. ¡Qué extraña su manera de vestir de ese día! Creía entender lo que sucedía.

Siempre lo hacía y estaba visto lo que se venía, y seguro el caería como un idiota, una vez más.

Allí estaba ella, sentada en el asiento de su auto, tan callada y serena, movía sus rodillas y miraba por el retrovisor.

—Y entonces... ha; tu madre, ¿está bien? —preguntó Alejandro.

—Ella está bien, mañana la dejarán salir.

—Qué bueno —comentó Alejandro.

Capítulo dos
DESNUDA

Llegaron al edificio donde él vivía. Lentamente introdujo su vehículo en el estacionamiento, se bajó y abrió la puerta a su acompañante. Luego entraron al ascensor, y comenzaron a subir.

Al llegar al piso, Alejandro le puso la llave al cerrojo de la puerta y abrió. Al entrar Mariel bajó su bolso sobre una silla del comedor. Lo miró como si sus ojos hablaran, luego con sus pasos cruzados se dirigió al cuarto.

Alejandro caminó lentamente a su habitación con ganas de entablar aquella conversación con su prometida. Al llegar a la puerta la vio frente a la ventana quitándose la ropa. Soltó su vestido al suelo, luego procedió a quitarse hasta la última prenda, quedando completamente desnuda.

Una vez más sin duda, había acertado lo que haría Mariel. Se quedó contemplando su belleza bajo la luz sin saber que decir.

Ella se acercó y lo acorraló con su cuerpo, colocó sus manos en sus hombros y besó su cuello quitándole la camisa, Alejandro fue intercambiando sus inquietudes por placer.

Mariel se posicionó de rodillas y le quitó el cinto a su pantalón y por un buen rato, Alejandro lo olvidó todo. Disfrutaba el cuerpo de la mujer que amaba y no importaba nada más.

Cuando estaba tan dentro de sus entrañas, le dijo desde lo más honesto de su ser que la amaba.

Cuando todo había acabado volvió el silencio en la habitación, ella regresó del sanitario, se acomodó entre las sábanas blancas y se había dormido.

Su celular estaba en la mesita de luz, lo observó con ganas de tomarlo. Tal vez ese pequeño aparato contenía la respuesta, al porqué de su frialdad, su falta de cariño hacia él, pero decidió no hacerlo.

Se acostó a su lado, y miró su rostro dormido, era tan bella, tan suya y tan ajena a la vez. ¿Que será eso que no le permitía amarlo? Pensaba y observando su rostro se durmió al fin.

Por la mañana despertó con la alegría de tenerla en su cama. Los rayos del sol que entraban por la perilla iluminaban claramente su rostro, su boca era roja natural y sus pestañas claras como su cabello. Estaba justo allí como una muñeca tan quieta, de espaldas. Su manta se había caído al suelo, dejándola al descubierto.

Sin bajarse de la cama, intentó cubrirla sintiendo su piel helada y no pudo resistir darle calor. Colocó su cuerpo sobre ella y lo apretó con fuerza quitándole el sueño, entrecruzó los dedos a los suyos, por sobre su cabeza y sació su deseo en ella.

En el camino de regreso, Alejandro tenía una mano puesta sobre la pierna de Mariel mientras manejaba.

Estaba callada como de costumbre, cuando llegaron a su casa Alejandro estacionó y la ayudó a bajar.

— ¿Quieres que te lleve al hospital? —le preguntó.

—No gracias; no iré aun – llamaré a un taxi, no te preocupes.

—Entonces te dejaré dinero, avísame si necesitas algo — alegó Alejandro.

—Claro —respondió Mariel y se alejó.

Cuando ingresó a su casa, entró a bañarse. De costumbre Tomás la seguía a todas partes, incluso al baño. Se acostaba a un costado y descansaba lo que duraba allí la presencia de ella. Mientras el agua caía en abundancia sobre su rostro, su amigo comenzó a incomodarse, quería abrir la puerta emitiendo unos ladridos.

— ¿Qué ocurre amigo? —dijo cerrando el cerrojo de la ducha, estiró la toalla, la envolvió a su cuerpo y escuchó unos ruidos provenientes de la casa.

— ¿Hola? ¿Quién está ahí? —interrogó y nadie respondió

— ¿Alejandro ?...

El color de sus ojos

—Bueno, saldremos al tiempo chiquitín —continuó ella. Luego abrió la puerta, y justo en frente a una distancia como de dos metros estaba un hombre parado.

— ¡Detén a tu perro! — Soy tu primo —dijo casi en tono de grito.

— ¡Quieto Tomás! —ordenó Mariel justo a tiempo.

— ¿Quién eres? ¿Y cómo entraste? —interrogó sosteniendo su toalla. El hombre tenía una sonrisa tímida en la cara, y la observaba de una forma inquietante, ella lo observó de pie a cabeza con cierta desconfianza, Tomás se acercó al sujeto y acucioso olfateaba sus zapatos.

—Soy tu primo Édison. ¿No me recuerdas pequeño pez?

— ¿Qué has dicho? —interrogó Mariel confundida.

—Tu madre me ha dado la copia de la llave de la entrada, estuve con ella hace un momento — Soy hijo de su hermana mayor Carmen — El viejo no me quería, por eso nunca la visité antes y estaba de viaje, pero llegué hace unos días y me quedaré un tiempo aquí.

—Ella no me dijo nada de esto —aseguró Mariel.

—Té lo dirá, te acompañaré a recogerla del hospital.

—Antes deberás vestirte claro y no te ofendas, pero no me gustan los perros.

—Me ponen nervioso —confesó Édison, entonces ella lo miró molesta y se dirigió a su habitación con Tomás. Cerró su puerta con llave, y comenzó a colocarse crema en el cuerpo, sin saber que aquel hombre misterioso la observaba entre las cortinas de la ventana.

Mientras se vestía pensaba en el aquel hombre, había algo en él que no le agradaba, le causaba temor, no podía imaginar que aquello de quedarse a vivir en su casa fuera verdad.

Cuando estaba lista, abrió la puerta y de vuelta lo vio justo en frente de ella quieto, con la mirada firme, y una risa perturbadora. Parecía un tanto especial, pensó que tal vez, tenía algún problema de salud mental.

—Espérame afuera; ya voy —anunció ella y en seguida salió tras él.

—Ese es mi vehículo. ¡Vámonos! —dijo Édison.

Mariel observó su auto un momento, era un Volkswagen Gol negro cuadrado polarizado, entró atemorizada, y se sentó en la parte trasera.

El olor de ese auto era tan familiar, sintió mal estar en su estómago. Observó con atención las calles por donde iba, por si haya sido un engaño, veía la puerta y se imaginaba muchas cosas malas, pero luego comprendió que iban en la dirección correcta. El hombre la miraba por momento por el espejo.

Llegaron al hospital y Mariel se sintió aliviada. Estaba ansiosa por hablar con su madre, se anunciaron en la recepción e ingresaron a la sala

—Hola, mamá.

—Veo que ya conociste a tu primo; querida —comentó Elena.

—Mamá. ¿Podemos hablar en privado un momento? —le preguntó Mariel.

—Lo que me quieras decir, dilo delante de él – ¿no querrás ser grosera o sí? —dijo Elena.

—Mamá, yo nunca he visto a este hombre. ¿Quién es?

—Es hijo de Carmen, mi hermana mayor – es tu primo y debes ser amable con él. Se quedará a vivir con nosotras un tiempo —alegó ella.

Mariel lo miró, y odió la sonrisa en su rostro.

—El médico dijo que no debía alterarme, sabías hija –Ahora ve a buscar a ese doctor, ya me quiero ir de este lugar —sostuvo Elena.

Mariel estaba muy desconforme con la decisión de su madre. Buscó a los doctores y en un tiempo tenía el alta en sus manos.

Sin ánimos, iba de regreso a su casa en el asiento de atrás. Estaba asombrada por las carcajadas de los de en el frente. Se los veía muy unidos, nunca había visto tan feliz a su madre, ni siquiera con su padre.

Esa noche Mariel prefirió cenar en su habitación, junto a su amigo Tomás. Ese fiel compañero le había regalado su padre en su cumpleaños, número veinte y dos. Su madre estaba furiosa, no le gustaban las mascotas, y ella siempre había querido un perro.

Ese día se sintió feliz, mimada y le había prometido al pequeño peludito que lo protegería siempre.

—Amigo; ya no podrás entrar a la casa cuando yo no esté, pero cuando regrese estarás conmigo.

—Ahora espérame aquí, volveré en seguida —le dijo Mariel y se dirigió al comedor para ver que su madre tomara su medicamento, pero no estaba en la sala como de costumbre. La busco y no la encontró, entonces fue a tocar la puerta de su habitación. Después de varias veces de llamar, la puerta se abrió.

—¿Qué quieres? —dijo Elena molesta.

—Sólo quería recordarte que debes tomar tu medicina ahora —dijo Mariel.

—Ya la tomé y ahora que está Edison, él se encargará de mí.

—¿Edison? ¿Y dónde está ahora? —preguntó Mariel observando el interior de la habitación entre la puerta media abierta, pero estaba completamente oscuro.

—No lo sé, tal vez, salió afuera a tomar aire o a fumar – quién sabe.

—Mamá, ¿quieres que llame mañana a un electricista para ver qué sucede con la luz de tu habitación?

—Me gusta estar a oscuras querida, no te preocupes, ahora ve a dormir —dijo ella cerrando la puerta.

Mariel se alejó sin haber podido concluir sus interrogaciones a su madre. Se acostó y revisó su celular, tenía varias llamadas perdidas y mensajes de Alejandro. Leyó sus textos y los ignoró, se acostó sintiéndose ligeramente vacía. Ahora pensaba en los consejos de Leticia, era mucho mejor vivir sola, independiente, sin nadie que pudiera lastimarla.

Imaginó una vida fuera de allí, sólo su perro y ella. Al parecer ni siquiera Alejandro tenía lugar en su vida. No podía entender lo que sentía por él. Siempre tenía el teléfono en silencio, pero de pronto lo vio encenderse, lo revisó y era su novio en llamada.

—Hola...

—¡Al fin me contestas! ¿Por qué lo haces? —exclamó Alejandro.

—¿A qué te refieres? —preguntó ella.

—Me ignoras Mariel. ¿Por qué me haces eso?

—Yo... lo siento —dijo apenas Mariel.

—Me importas, por eso te llamo y te escribo buscando saber de ti.

—Lo sé y lo siento —repitió ella.

—¿Está bien y tu madre, ya está de regreso?

—Si... ya volvió y mañana volveré a trabajar.

—Ella se hará cargo apenas pueda del tema de mis papeles de la universidad, iré a rendir igual —comentó Mariel.
—OK – Nos vemos mañana entonces.
—Buenas Noches...
Alejandro colocó su teléfono sobre su pecho y pensó en ella, mientras tenía la vista en el techo. De pronto se sentó, y comenzó a buscar un contacto en su celular.
— ¿Hola?... ¿Señor Ricardo Dávalos?
— ¿Sí? ...
—A ver si se acuerda de mí, soy Alejandro Quintana –Fui su abogado hace unos años.
—Lo recuerdo Doctor Quintana, usted me ayudó y fue muy amable conmigo —alegó el señor.
—Disculpe la hora que lo he llamado. En aquella ocasión me dijo que si necesitaba algo alguna vez, lo busque; ahora lo necesito yo a usted —dijo Alejandro.
—Dígame para que soy bueno —preguntó el señor.
— ¿Sigue usted trabajando para la policía?
—Sí, sigo. ¿En qué puedo ayudarlo?
—Escuche; le parecerá raro, pero ésta es la cuestión.
—Tengo una amiga, ella vive con su madre, la mujer es mayor y al parecer padece de algunas condiciones mentales.
—El padre ha fallecido hace unos meces –fue él quien se hacía cargo de los estudios de ella.
—Sin embargo, en la universidad le han dicho que había ciertas cosas que no coincidían en su documento de nacionalidad, tanto en su certificado de estudios.
—Yo necesito que usted tome sus datos y verifique si tiene forma de investigar, qué es eso que está mal.
—Mire, yo le he dicho que solicite un acta de nacimiento en el registro y no ha querido hacerlo sin el consentimiento de la madre —comentó Alejandro.
—Doctor; no tengo ningún problema en hacerlo.
—Páseme en texto sus datos y yo lo llamo cuando sepa algo.
—Ahora estoy de viaje, pero apenas regrese, me encargaré —aseguró el señor.
—Muchas gracias.
—Hasta luego.

El color de sus ojos

Alejandro decidió investigar a Mariel por su cuenta, estaba visto que ella le temía a su madre y él deseaba ayudarla. Puso música lenta y se dispuso a enviar unos correos antes de dormir, y cuando había terminado se acostó a descansar, entonces sonó su celular, era su ex novia.

—¡Qué extraño que lo llamara! Pensó, decidió no atender, pero seguido llegó un mensaje y lo revisó.

—Hola Ale; tanto tiempo, he pensado tanto en lo que me habías dicho, y tenías razón, ahora lo sé.

—Quería saber si podíamos salir como amigos, simplemente para hablar, llámame si necesitas justo eso, una amiga.

Entonces la recordó, habían terminado aquella relación hace tres años. Fue él quien dijo adiós, porque pensaba que era una mujer muy problemática, bebía y también usaba drogas, y era sensacional en su estado de ebriedad; o dopada, pero no podía pretender un futuro con ella.

Esa chica era muy celosa y obsesiva, también altanera y alocada. Llegaba casi a diario a la oficina, mostrándose como la señora, para que las secretarias la conocieran.

La relación había durado un año y nunca la había llevado a conocer a sus padres, porque no la veía como una futura esposa, era el tipo de mujer que daría dolor de cabeza toda la vida.

Pero ahora que bien lo pensaba, ojalá y Mariel fuera un poco celosa, un toque de obsesiva, que mostrara sus sentimientos.

En realidad tenía ganas de hablar con alguien, no podía decirles a sus amigos sus problemas con Mariel, porque le dirían que de seguro lo estaba engañando, pero la opinión de una mujer podría ser mucho más coherente, tal vez sí; o tal vez no. Pensó en aceptar la invitación de Amelia algún día.

Al día siguiente Mariel había regresado a su empleo, de costumbre era la primera en llegar.

—Buenos días Leticia.

—Mariel; te he mandado algunos mensajes y no me has respondido. ¿No tienes tiempo para tu amiga?

—Discúlpame Leti, siempre tengo el celular en silencio, es que a mi madre no le gusta que suene, y me he acostumbrado a tenerlo así, no te enojes.

—Chica, eres mayor de edad, no eres una niña, debes ser más firme con esa mujer –dijo Leti, mientras ordenaba las mesas.

—Mi madre está enferma Leti, es por eso que la irrita cualquier cosa, pero sabes que – creo que hay mucho de ella y de mi familia que no sé.
—Buscaré el momento, para viajar a Encarnación y hablar con mi abuelo.
—Tengo dos tías, voy a buscarlas y luego escúchame bien.
—Te prometo que buscaré un lugar donde mudarme
—le comunicó Mariel
— ¿Qué? ¿En serio? —preguntó Leticia dudosa.
—Estoy cansada de las reglas de mi madre. Sabes me he sentido toda la vida oprimida, sin poder expresar lo que siento, callando siempre por respeto o miedo.
—Haciendo todo lo que ella deseaba y como ella lo quería y aun así nunca me ha dicho una palabra de afecto.
—Jamás me ha abrazado, ni me ha consolado, y no me gusta en lo que ella me ha convertido.
—No importa lo que haga, nunca seré lo suficientemente buena para ella —continuó ella.
— ¡Al fin piensas normal! —exclamó Leticia con una sonrisa.
—Ha metido a un hombre de unos 40 años en la casa y dice que es mi primo. Sinceramente no me agrada
—confesó Mariel.
—Te lo he dicho, a ella no le importa nada; de seguro el hombre ése es su amante, y lo tiene ahí comiendo de a gratis.
—Esa mujer no es ninguna tonta, amiga –comentó Leticia.
—He encontrado una carpeta prenatal de ella, de hace muchos años atrás, antes que yo naciera –Al parecer tuve una hermana – afirmó Mariel.
— ¿Hermana ?...
—Ajá, eso creo, he visto su fotografía, la guarda en una caja en del placar, pero no me he animado a preguntarle.
—Ella nunca me dejó entrar a su habitación, se molestará.
—Debes mudarte de allí querida. ¿Y qué hay de Alejandro? ¿Eh?... ¿Cuándo pondrás fecha a ese casamiento? ¡Dímelo!
—Hablaremos de eso en otro momento —anunció Mariel y unos clientes llegaron en buen momento para ayudarla a huir de aquella conversación.

El color de sus ojos

Después de todo Mariel había extrañado el bar, era mejor estar allí, que en su casa. Se había acostumbrado, a su empleo a los clientes habituales y cuidar el lugar pues era su primer trabajo, y la mejor manera que tenía de agradecerle al jefe, era siendo eficiente.

Han llamado a la puerta, el doctor Benjamín se levantaba lentamente de su somier. Ese día se sentía realmente cansado.

—Pero. ¿Quién podía ser?...

Observó a través del mirador óptico de la puerta.

—Pero.... ¿Qué hace usted aquí? —dijo al abrir la puerta

—Hola, vine a ayudarlo.

—Me dijo la señora María, que estaba de reposo y usted está enfermo también, así que le haré la cena.

—Alicia; no debió venir. ¿Quiere contagiarse?

—No se preocupe, es solo una gripe – mejor acuéstese, mientras yo le hago una sopa, que estoy segura que le levantará ese ánimo —afirmó Alicia alegre.

De pronto se detuvo sólo a mirarla mientras ella bajaba las bolsas sobre las mesa. ¡Vaya! – Así debe sentirse, tener una hija, pensaba. Se sentó en una silla y la observaba débil en lo que Alicia se movía de un lado a otro.

—Tendrá que pasarme la factura de lo que gastó —dijo el Dr.

— ¡Por supuesto! Le pasaré luego, de hecho he traído unas barras de chocolate para mí, aprovechando que se lo cobraría —comentó ella y el doctor la miró con gracia.

—Oiga Alicia, sólo quiero entenderla — dígame: ¿quién es ese hombre que siempre la busca del consultorio? —preguntó él.

—Es mi novio doctor, bueno algo por el estilo –respondió Alicia exhibiendo una sonrisa.

— ¿Qué significa eso? Explíquemelo.

—Es complicado, mejor olvídelo —dijo ella.

—Una relación no debería ser complicada, ese hombre es mucho mayor que usted, es casado. ¿Verdad? —preguntó el Dr.

Alicia sentía vergüenza de hablar de aquello, pero aun así le confesó su verdad.

—Si es casado, llevamos saliendo dos años.

—Dice que tienen problemas, y que va a separarse.

—Pero que sus hijos son pequeños aún y lo hará cuando llegue el momento.

—¿Y usted le cree? —interrogó el Dr.

—Debo hacerlo, cuando él me contó eso lo deje un tiempo, pero luego pensé en algo importante.

—Era feliz cuando estaba con él – me encantaba estar enamorada, vivir el amor pleno y cuando acabó me encontré triste y sola. Entonces decidí volver a pasar de todo, me sentía tonta a la vez, pero no siempre tenemos lo que queremos, a veces debemos contentarnos con poco o nada.

—Comprendo Alicia, lo difícil que debió ser para usted desistir a ese amor, pero debería pensar en usted y en el tiempo.

—Hay decisiones difíciles, pero si no tiene valor y valentía no podrá enfrentarlas – sólo piense, ese hombre tiene a su esposa, a sus hijos, una casa, un hogar. ¿Y usted que tiene?

—Sólo migajas, eso es lo que tiene; pierde su tiempo, dos años espumados como el viento que no regresarán.

—En realidad no soy quien para hablarle de eso, pero si le aconsejo pensarlo, sea más egoísta.

—Tiene treinta años, ha estudiado computación y siempre ha sido secretaria.

—Usted debe avanzar, no se quede estancada, haga un curso, vaya a la facultad, busque la forma de progresar, vive en alquiler.

—Debe estudiar para tener un mejor empleo, que le pague una casa, en fin que le dé más posibilidades y más oportunidades.

—Odiaría quedarme sin usted, pero si quisiera verla mejor —confesó el doctor.

—Gracias Doctor, tendré en cuenta sus consejos.

—La verdad vengo de una familia muy conformista.

—Mis padres viven conmigo, nunca han tenido una casa propia —comentó ella.

—Bueno, usted puede cambiar eso, debe luchar.

—Quiero creer que un día, encontrará a un hombre que le hará ver lo tonta que fue antes de conocerlo, tendrá hijos y será feliz, pues tendrá su propio esposo, no uno ajeno de medio tiempo.

—Está bien doctor: y dígame... ¿qué hace para no aburrirse en ésta casa tan grande? —le preguntó Alicia.

—El aburrimiento es lo de menos créame.

—La verdad trato de venir siempre exhausto, así directamente me duermo y cuando despierto, debo salir de vuelta, pero a veces pienso en el futuro, y cuando me ponga más viejo, no sé qué será de mí.

—Dr. Benjamín, ¿qué hay de su familia?. ¿Tiene padres? —interrogó Alicia.

—No; ya no tengo – mi madre tenía diabetes.

—Se le complicaron los órganos y ya no se pudo hacer nada. ¿Sabe lo que mi padre me dijo esa noche que la entubaron?

—Él afirmó que si ella moría yo tendría que perdonarlo, porque el muy pronto lo haría también y falleció exactamente en tres semanas. Un paro cardiaco dijeron, en ese tiempo había bajado mucho de peso.

—A veces pienso que dejó de comer apropósito para poder estar con ella.

—Eran una de esas parejas, que ves muy pocas veces en la vida y te hacen pensar que el amor ideal existe, te incitan a creer y esperar.

—Dr. Benjamín – ¿ha encontrado a su amor alguna vez? —le preguntó Alicia.

—Podría decir que sí, sin embargo lo perdí, lo he perdido todo, así es la vida Alicia, de un momento a otro puedes perderlo todo sin más ni menos —dijo el Dr. cambiando el color en su rostro.

—Bueno la cena está lista, se la serviré y mientras usted come yo limpiaré el desastre —declaró ella.

— ¿Y usted? —le preguntó el Dr.

—Mi madre me espera con algún plato, no se preocupe —dijo Alicia.

El Dr. Benjamín seguía impresionado, por lo general sus empleados mantenían distancia con él. Era una especie de respeto y tal vez miedo, pues era un señor solitario de carácter firme, lo cual mantenía a los demás al margen, pero Alicia parecía entenderlo muy bien.

Cuando Alicia había acabado se retiró y el Dr. Benjamín se sentía mejor espiritualmente. Apartó las cortinas a un lado y se acostó de lado, viendo las estrellas desde su cama. Siempre se dormía viéndolas, imaginado que las personas que más amó en su vida, también estarían observando las mismas.

Mariel estaba en un cuadro de sueño profundo, veía fijamente a una niña en una especie de caja de cristal. El agua le llegaba a los hombros, su voz era como un eco, ella lloraba y exclamaba ayuda, agotada decía apenas que tenía mucho frío y le dolía el estómago.

Su llanto tan cercano, real y su voz delgada quebraron a Mariel y deseaba tanto ayudarla. Se despertó con lágrimas en los ojos, observó a su alrededor y frente a su cama, sentado en una silla estaba Édison mirándola, se secó los ojos y se levantó de inmediato.

—Pero… ¿qué demonios haces aquí? —exclamó elevando la voz

—Tu pareces un ángel — yo solo quería verte dormir —respondió el.

—No me gusta y no vuelvas aquí – ¿Tomás? — ¿Dónde está mi perro? —interrogó saliendo en busca de su mascota con los pasos largos por delante.

—Mariel… ¿Qué tienes? —preguntó su madre.

—Mamá… ¿Dónde está mi perro? —le preguntó ella.

—Está afuera querida. ¿Qué sucede?

— ¿Y quién lo quitó de mi habitación? —interrogó Mariel cruzando sus brazos.

—Yo le autoricé a Édison que lo quitara, es molesto. Estaba golpeando la puerta, asumí que quería salir —comentó Elena.

—Mamá: buscaré un lugar adonde irme y me llevaré a Tomás —declaró Mariel.

Elena la observó unos segundos a los ojos, y luego se arrodilló frente a ella abrazando su cintura con fuerza, colocó su rostro en su vientre y respiro hondo sujetándola.

— ¡Mamá por favor ponte de pie!…

— ¡No puedes dejarme Mariel! Eres mi pequeña, mi única hija —expresó Elena.

—Ya soy una mujer mamá, tú estarás bien — vendré a verte todos los días, lo prometo —le dijo Mariel.

—No puedes casarte con ese hombre, él no te merece querida —dijo Elena mientras le caía una lágrima.

—No me casaré con él, terminaré la universidad y buscaré otro empleo, donde gane más dinero — no quiero depender de nadie —aclaró Mariel y levantó a su madre de las manos.

El color de sus ojos

—Tu vida es un desorden Mariel, estás muy equivocada —debes ilusionar a ese hombre a quien tienes en tus manos y exigirle todo, no debes ser tonta.

—Entiende que no solo tú dependes de él, sino también tu madre — llamaron hoy del banco, nos quitarán la casa, ¿sabes? —comunicó Elena.

— ¿Qué ?... ¿Pero porque? —preguntó Mariel desasosegada.

—Tu padre tenía problemas de dinero, el muy inútil hipotecó esta casa, vendió la camioneta, no pudo con las cuentas y se enfermó.

—Y ahora nos la quitarán, nos quedaremos en la calle, ni siquiera tendremos a donde ir —dijo Elena cubriendo su cara.

—Pero... ¿Por qué no me lo dijiste? —interrogó Mariel.

—No quería que dejaras tus estudios, pero verás, ahora no puedes seguir estudiando, debes dejar la universidad.

—**Sería egoísta de tu parte** — ya hable con el director de hecho, dijo que hubo un error con una alumna, que nació el mismo día y año que tú. Todo fue un mal entendido.

—**Puedes estudiar más adelante,** eres joven.

—No necesitas ahora eso, tienes al abogado y si fuera tú me buscaría otro y lo tendría de reemplazo, sólo por si acaso digo.

—Porque los hombres mienten recuerda eso.

—Cuando menos lo esperes, justo ahí te traicionará y te sentirás una total idiota, por no haberlo visto llegar, pero si eres consciente entonces eres inteligente.

—Tendrás que pedirle ahora una buena suma y recuperar esta casa, es lo único material que tu padre quería.

— ¿Lo harás? —le preguntó Elena mirándola fijamente.

—Sí, mamá lo haré, puedes entregarme la notificación – por favor no toquen a mi perro y dile a Édison que no puede entrar a mi habitación.

—Hablaré con él querida — despreocúpate —alegó Elena complacida.

Mariel leyó los números de la hoja, y sintió vergüenza de pedirle tanto dinero a su novio. ¿Cómo se lo diría? Ojalá tuviera esa cantidad y no tener que recurrir al hombre a quien pasaba el tiempo mintiéndole, pero nadie más que él podía ayudarla.

Los últimos días lo había evitado. No quería que supiera que un hombre se encontraba en su casa, así que rechazó sus invitaciones de salir, como de costumbre de hecho.

Generalmente lo evitaba para huir de lo que implicaba estar con él, sus preguntas, sus caricias y una desagradable sensación entre los dos que se diluía en el espacio y el silencio.

Al tiempo no veía otro camino que mismo de siempre, pensó que tal vez era un buen momento para conocer a su familia, ya que eso era algo, que lo haría muy feliz y opacaría el gran gasto que le ocasionaría ella. Entonces tomó su teléfono y decidió llamarlo.

Capítulo tres
EL CLUB

Mientras esperaba, Mariel resolvía las cosas en su mente sintiéndose extrañamente en la adversidad de un infortunio.

—Hola...

— ¿Te desperté? —dijo Mariel

—No para nada, ya estoy en camino a la oficina. ¿Que necesitas amor? —le preguntó Alejandro, debía necesitar algo por eso lo llamaba, pensaba.

—Nada, ha éstos días no pude verte y quería avisarte que puedes avisarle a tu madre que iremos el sábado a su casa.

— ¿Qué?... ¿Tú me estás hablando en serio? —le preguntó Alejandro desconfiado.

—Es verdad, iremos. ¿Al fin no?, y ésta noche me gustaría verte, si puedes digo, o si quieres —aclaró ella.

—Por supuesto que puedo, me has cambiado el día, ¿sabes?, yo te amo Mariel.

—Bueno... adiós — se adelantó Mariel y Alejandro se llenó de ilusión, al fin las cosas se encaminaban, al parecer claro. Llamó a su madre y le pidió que no hicieran planes el sábado de noche, porque ésta vez llevaría a su novia, el día pintaba genial pensó.

Esa mañana Mariel salió a trabajar con la mente clavada en aquel problema. Evitó charlar con Leticia, no deseaba comentarle lo que su madre le había solicitado.

Cuando llegó la noche regresó a su casa y tiempo después entró a bañarse. Mientras miles de gotas de agua se deslizaban por su cuerpo, planeaba con astucia lo que haría.

Una parte de su ser le decía basta, pero la otra era una voz de su madre, que hablaba en su mente. Se colocó la toalla, y se sentó en una silla de su cuarto masajeando sus piernas con crema perfumada. Entonces Elena llamó en la puerta.

—Pasa, mamá debo salir – no sé si volveré esta noche —dijo.

Elena tenía una risa orgullosa y sostenía en sus manos una caja con tapa.

—Te he traído un regalo querida — creo que es hora de que te lo de.

— ¿Qué es mamá? —indagó Mariel intrigada.

—Es una prenda de una guerrera, de una diosa.

—Era mía, me la diseñó un amigo de alta costura cuando yo era joven, y con el he tomado todo lo que he querido. Me conocían como la mujer más sensual entre otras cosas. Algunos hombres venían desde muy lejos, sólo para estar conmigo.

—Me encantaba jugar a enamorarlos, las mujeres tenemos el poder de controlar la mente de un hombre, solo debes aprender a hacerlo y ellos te darán hasta el corazón.

—Ahora éste vestido no me sirve de nada, pero a ti sí.

—Sin duda me harías muy feliz si te lo pones justo ahora —dijo Elena y levantó la tapa de la caja, sacó un tipo de papel refinado y dejó al descubierto un vestido rojo intenso. Lo quitó y lo extendió colocando sus manos como una percha, observando su reacción.

—Es Hermoso mamá —expresó Mariel con cierta timidez.

—Hoy te vestiré yo mi pequeña — quítate eso y levanta los brazos —le ordenó Elena mientras sonreía y luego siguió hablando.

—Es un vestido para una diosa como te había dicho — no necesitas ropa interior.

Mariel se miró al espejo y se vio diferente, él vestido era elastizado con un encaje que adornaban sus senos, parecía estar armado a mano y dejaba su espalda al descubierto, marcando su cuerpo tal como era.

—Te ves hermosa querida; escúchame muy bien: debes ir a un lugar público de mucha gente, donde serás distinguida, el centro de atención.

—El comprobará que cualquier hombre daría lo que fuera por ti, cuando comprenda eso, entonces te dará lo que sea.

—Entiendo mamá —dijo Mariel y le brillaban los ojos en el reflejo del espejo. Era viernes de noche y Mariel buscó opciones en internet, hasta que vio el lugar ideal. Ahora solo debía mandar un mensaje a Alejandro.

— ¿Quieres salir esta noche? —le preguntó.

—Hola linda, claro. ¿Adónde quieres ir?

—Deseo bailar, no sé qué lugar escoger así que me dirigiré a Manzana T y cuando llegue al Club, te enviaré mi ubicación.

—Ah… bueno está bien —dijo él y continuó.

—Me sorprendes, es la primera vez que saldremos a un club y yo puedo recogerte sin problema —insistió Alejandro.

—No, prefiero encontrarte allá – nos vemos —dijo Mariel.

— ¡Qué extraño! ¿Que se traerá esa mujer? pensó Alejandro.

Mariel se recostó en su cama observando el reloj de la pared. Se sentía tan confundida y en el fondo no sabía quién era realmente. Sus sentimientos eran confusos, y eso la entristecía, comprendía que había algo inexplicable que no le permitía ser feliz.

Concentró sus ojos en el techo y sus pupilas se dilataban en lo que se buscaba así misma en el interior, ¿qué podría ser eso que la llenaba de nostalgia? Tal como si alguien la estuviera llamando o buscando.

Eran esos extraños sentimientos de soledad y vacío que siempre la entristecían, donde Elena y todo a su alrededor eran sólo lo demás, su verdadero problema era lo que cargaba por dentro.

Cuando llegó la hora se puso un abrigo y un taxi la esperaba frente a su casa, su madre y Édison salieron hasta la puerta a despedirla, Elena se acercó a ella y le dijo al oído.

—No olvides usar tus encantos, recuerda quién eres y Mariel la miró, asintió y luego se marchó.

El chofer no disimulaba para nada mirarla por el espejo, pero Mariel tenía el pensamiento muy lejos de allí. Observaba las calles y algunas personas solitarias caminar.

El señor conductor le recomendó un lugar conocido y bien hablado. Cuando llegó sentía algo de vergüenza al ver aquel lugar donde nunca antes había estado. En la entrada había dos guardias de seguridad, pero luego recordó las palabras de su madre, se soltó el cabello y comenzó a caminar en una sola línea.

Entró al lugar, se quitó su abrigo, miró a su alrededor y comprobó que tenía la atención de todos los hombres, incluso de aquellos que estaban acompañados. Se sentó en una butaca y pidió un trago.

De todos los hombres que estaban planeando acercarse a Mariel, uno de ellos era un caballero de unos cincuenta años, empresario y por la cantidad de hombres que tenía a su lado, se lo podía describir como de poder.

Le dijo algo al oído a uno de sus vigilantes y éste avanzó hacia Mariel, mientras el la observaba de pies a cabeza y sin duda alguna estaba encantado con lo que sus ojos veían.

Alejandro por otra parte, había llegado al lugar imaginando un gran momento allá adentro con la chica que lo tenía loco. Entró ansioso, buscándola con los ojos, pero no la veía por ningún lado.

Cuando llegó al salón de la barra de tragos, vio a una mujer muy sensual acompañada por dos hombres. En su espalda cruzaban dos tiras finas de hilo y la falda de su vestido era muy corto, estaba sentada y se podía contemplar la curva de sus caderas y la perfección de sus piernas.

La observó pensando que se parecía mucho a Mariel, la mujer se puso de pie y parecía discutir con los hombres. Ella giró para ver al hombre del recado y entonces la terminó de ver.

—¿Lo ve señorita? Ése es mi jefe.

—Dice que le dará lo que desee, si acepta pasar la noche con él —aseguraba el muchacho.

—Ese hombre tiene mucho dinero, va a tratarla muy bien — no tenga miedo —le dijo el otro hombre.

Mariel estaba frente a frente al hombre, en una distancia de ciertos metros. El señor levantó su copa y le sonrió.

Alejandro estaba anonadado y aturdido por la música de fondo. Volvió a mirarla de pie a cabeza, comprobando que definitivamente se trataba de Mariel.

Ella también lo vio al parecer pero ni siquiera pestañeó, estaba parada al frente con las piernas media abiertas, sus manos reposaban sobre la baranda de cristal de tragos, lo cual despejaba sus pechos acumbrados ni hablar de su rostro maquillado.

El color de sus ojos

Alejandro observó a su alrededor, y se sintió más que molesto al ver las miradas babosas de diferentes hombres a su prometida. ¿Y qué demonios hacia hablando con esos muchachos? Sintió que le envían las venas de ira. Se acercó a ella sin saber exactamente cómo reaccionar, ni que decir.

— ¡Mariel!... te estaba buscando —dijo tartamudeando.

—hola...

— ¡Ah!... ¿Caballeros? La dama viene conmigo, así que. ¿Se pueden marchar? —dijo con la voz cortada.

—Señorita; piense en lo que le dijimos — si acepta el trato, ése hombre le dará lo que usted desee —insistió el joven ignorando a Alejandro.

— ¿Qué?... ¿De qué se trata esto Mariel? ¿Quiénes son estos hombres? No lo entiendo.

—Solo son amigos —respondió Mariel mientras miraba a los dos acercarse al jefe.

El señor se puso de pie y les ordenó algo y ésta vez venían cuatro mensajeros. Las cosas pintaban mal y era mejor marcharse pensó Mariel.

—Creo que...mejor nos vamos de aquí —dijo Mariel.

—Me parece que es lo mejor —respondió Alejandro, pero a su frente aparecieron los cuatro hombres enviados por el admirador de Mariel.

—Pero... ¿Qué es lo quieren? —exclamó Alejandro sintiendo furor en sus manos.

—Deseamos hablar con la señorita, tú no te metas Nerd. ¡Apártate!

— ¿Pero qué demonios les ocurre? ¿Acaso están locos? ¿No ven que es mi novia?

Los hombres se burlaron y rieron de Alejandro frente a él. Entonces tomó de la mano a Mariel con fuerza y salió por el costado de ellos moviendo la cabeza.

Caminaba de prisa pensando en mil cosas, sólo deseaba salir de aquel lugar y no volver jamás. Al tiempo algo lo calmaba como siempre, estaba enamorado y como de costumbre buscaba escusas y acomodaba las cosas en su mente. Seguramente esos hombres se confundieron por como vino vestida y eso era todo.

Cuando llegaron al estacionamiento ya frente a su auto; voltearon a presenciar los pasos cercanos tras ellos, y ahí estaba el hombre, mirando a Mariel con una media risa en los labios, a su lado tenía como seis hombres fortachones cruzándose los brazos y los otros listos para actuar.

—Yo... resolveré esto —dijo Mariel en voz baja, soltó la mano de Alejandro y dio unos pasos hacia el hombre quedando bajo la luz de una lámpara pública.

— ¿Le han dicho señorita, que es usted perfecta? —le dijo el señor.

—No, eres tú el primero —respondió ella y apartó de su cara un mechón de su cabello.

—Solo quería decirle yo mismo lo que le mandé a decir con mis hombres — permítame presentarme: soy Bernardo, mi apellido se lo diré, si un día acepta salir conmigo.

— ¡Mariel! —le gritó Alejandro con los ojos brillosos y al tiempo dos hombres se acercaron a él de inmediato.

— ¡Oye idiota! Será mejor que te calles, o te enseñaremos a hacerlo y no será de la mejor manera —le dijo uno de ellos.

— ¿Y entonces? ¿Cómo se llama usted? —interrogó el señor Bernardo.

—Soy Mariel —dijo ella atemorizada.

—Mariel; es usted una verdadera belleza, yo le daré lo que usted me pida, lo que desee en verdad. ¡Piénselo! – A cambio debe venir conmigo.

—Es decir, una noche a su lado, los dos juntitos en mi cama es lo que le pido a cambio —declaró el.

—Bernardo me encantaría, pero ésta noche tengo asuntos pendientes y no puedo, pero déjame tu tarjeta – yo te llamaré —le dijo Mariel mientras Alejandro la observaba desconcertado.

—Está bien, lo que usted diga reina —respondió el hombre, sacó una tarjeta de su bolsillo y le entregó, y justo en eso llegaron los guardias del lugar, a comprobar que estuviera todo bien. Entonces subieron al auto y se alejaron del lugar

En el camino Alejandro no decía ni una palabra. Tenía la mirada al frente mientras su mente lo atormentaba. ¿Qué más debía pasar para entender que Mariel no era la mujer que el creía? Se preguntaba el mismo.

— ¿Podemos ir a tu departamento? —interrogó Mariel con la voz débil y no tuvo respuesta.

—Entonces… ¿no me hablarás? ¿Es eso? —continuó ella.

Alejandro respiró hondo y aceleró por unos minutos. Cuando llegaron a una autopista solitaria, encostó su vehículo y puso su luz de stock.

—No quiero ir al departamento — quiero conversar aquí, lo has estado evitando de desde hace mucho tiempo —dijo él con la voz quebrada.

—No sé de lo que hablas —respondió Mariel evadiendo la mirada.

— ¿No sabes? Eres una mujer llena de hazañas Mariel.

—A ver dime: ¿Por qué te has vestido así? —le preguntó el observándola de nuevo.

—No lo sé, nunca he ido a una fiesta antes, creí que estaba bien así —dijo ella.

— ¿Tú te has comprado eso? —siguió Alejandro.

— ¡Ah! Sí —respondió Mariel.

— ¿Y de dónde lo compraste? ¿De una casa de cabaret?

—Sabes: siento que no te conozco — te lo juro.

—No sé quién eres. ¿A qué juegas Mariel? ¡Por favor debo saberlo! —aclamó él.

—No juego, yo… sólo creí que te gustaría mi atuendo, eso es todo —dijo ella con tranquilidad.

—Me gusta para que lo uses cuando estemos solos, tú y yo, pero no en público. ¿Crees que me gusta que te vean otros hombres así?

— ¡Nunca me había sentido más humillado en toda mi vida como ésta noche!

— ¡Bájate del auto ahora!

— ¿Quéee?...

Alejandro salió con furia de su vehículo, se dio la vuelta con los pasos largos, abrió la puerta de donde estaba Mariel, y la tomó del brazo obligándola a salir.

— ¿Estás loco? ¡Me lastimas! —le dijo Mariel.

—Tú me lastimas a mí a diario Mariel, lo haces cuando callas y me ignoras como si nada viniendo de mi te importara, cuando no quieres verme, cuando no me tocas ni me dices una sola palabra de afecto, pero hoy me dirás la verdad justo aquí — sostuvo Alejandro.

—Estás muy alterado — no podré hablar contigo así, hablaremos cuando te hayas calmado —comunicó Mariel recostando su cintura por el cristal de la ventana de atrás.

—Estoy calmado Mariel — aclárame esta duda, somos adultos. ¿Ok? Podré manejarlo.

—Tú le has dicho a ese hombre del bar, el que te ofreció dinero que lo llamarías. ¿Eso es verdad? — ¿Eres una prepago entonces? —interrogó Alejandro y apenas terminó recibió una bofetada y otra más de la mano de Mariel.

— ¡No soy una prostituta! —le gritó ella viéndolo a los ojos.

—Pero su mente se quedó en blanco cuando vio una lágrima rodar por su mejilla.

Comprendió que lo había lastimado y se sintió una pésima persona, quería llorar también pero no podía hacerlo. Sólo lo miró apenada, pensando en que hacer para arreglar lo que se le había salido de las manos.

Se acercó a él lentamente, colocó los dedos sobre sus brazos y los deslizó hasta el centro de sus manos.

—Lo siento... ¡Perdóname! —expresó mirando al suelo y luego detuvo sus ojos en él.

—Nada de eso fue real, sólo le seguí la corriente para salir de eso, en cambio esto si es real —dijo y acaricio sus piernas.

Alejandro trató de esquivar su mirada, porque deseaba rechazarla, pero era imposible si la miraba a los ojos, si sentía su cuerpo estaba perdido otra vez.

—Mariel; por favor no me toques.

—No sé porque lo haces, ni siquiera me amas, sólo me usas — ¿Crees que no me doy cuenta?

Mariel tomó su mano y la introdujo en su escote y Alejandro en silencio se decía así mismo.

«Y aquí vamos otra vez»...

Mariel lo llevó al asiento del auto, y lo besó tanto como si lo amara intensamente.

— ¿Por qué haces esto? Ni siquiera puedes decirme que me amas — sí tú me usas a mí, yo no quiero usarte a ti porque yo te amo — confesó el.

—Alejandro; estoy aquí contigo — siénteme —añadió ella, montada sobre sus piernas, le enseñó su desnudes y el calor de su vientre.

—Soy tuya. ¿Lo ves? ¿Acaso no te gusta ni te basta esto? —le preguntó.

—Ojalá solo me gustara Mariel, pero es que me enloqueces — respondió él entre su respiración.

En la radio del auto sonaba aquella canción "Mi Historia Entre Tus Dedos" que conjugaba los sentimientos de Alejandro, mientras se empañaban los cristales y el gemido de Mariel se hacía un eco al compás del goce.

Cuándo todo había acabado Alejandro era Consiente que las cosas serían como antes, ya no esperaba sus besos, caricias; o palabras dulces, ni ningún tipo de acercamiento de ella. Se subió el pantalón y encendió la luz del auto.

— ¿Quieres que te lleve a tu casa o vendrás al departamento? —le preguntó.

— ¿Podemos quedarnos un poco más aquí? Y luego será mejor que vaya a mi casa, Tomás debe estar esperándome — comentó ella.

Alejandro sin responder la observaba con atención, se veía nerviosa, sostenía su cartera entre sus manos y miraba a un lado agitando sus rodillas.

— ¿Estás bien Mariel? —interrogó él.

—Sí, yo... debo pedirte algo.

—Tengo un problema, digo mi madre y yo para ser exacta.

—**El banco nos quitará la casa si no pagamos una cuenta que mi padre dejó.**

—Tal parece que hizo un gran préstamo hace años e hipotecó la casa — Yo no estaba enterada, tengo aquí la carpeta de la deuda —comunicó Mariel.

Alejandro la miró molesto, en verdad se sentía un gran idiota con la gran incógnita de los sucesos. En una situación normal, ella le diría aquel problema sin rodeos, como algo natural, pero era tan incierta su confianza y su amor que la delataban.

Mariel siempre cuando quería una buena suma de dinero, primero se entregaba y luego le pedía como una paga, al comienzo creía que era una costumbre suya nada más, pero luego fue convirtiéndose en algo inquietante, sólo tenía algo más que averiguar, y lo entendería todo finalmente.

Entonces guardó las palabras que deseaba decirle y en cambio pensó en algo más en lo que la observaba. Ahora que había dicho cuál era su propósito se la veía más calmada, pero a vez expectante a su respuesta

—Déjame ver la notificación —le dijo y Mariel le entregó.

—6,500 dólares Ok, lo resolveré —aseguró Alejandro.

—Gracias. ¿Podemos irnos ahora? —interrogó ella.

—Claro —le respondió Alejandro y el camino de regreso se hizo largo, ninguno de los dos habló.

Era de madruga, las calles se veían solitarias, la miraba cada tantos segundos, porque probablemente era la última vez que la tendría en su auto, a su lado y se sentía realmente triste.

—Bueno; ya llegamos. ¿A qué hora saldremos hoy? Sería ideal que fuera al medio día —dijo él.

—¡Ah!... te avisaré más tarde — ¡nos vemos! —se despidió Mariel y salió del auto. Cuando levantó la vista vio a Édison con un cigarro en la boca, parado justo en la puerta de su casa.

Sabía que Alejandro la estaba mirando y sintió mucha vergüenza y pena de lo que él podría pensar, sin duda era un hombre muy intenso en sus sentimientos y celoso, parecía mentira, después de todo lo que ya había pasado esa noche ahora eso.

Pensó que si no entraba a su casa, tal vez él se bajaría y todo sería peor, así que caminó hacia el frente. Observó furiosa a Édison, al lado de sus piernas había unas cuentas botellas vacías, un sillón y una conservadora llena de cervezas. Era evidente que estaba ebrio.

Édison se adelantó un poco y la observó de pies a cabeza, abrió sus brazos y la saludo con gracia.

— ¡Vaya! ¡Pero como has crecido! Ya ni siquiera te reconozco —le dijo con la voz entorpecida.

— ¡Apártate de la puerta Édison! —exclamó ella furiosa.

—Solo quiero comprobar que realmente eres tú — déjame verte —alegó él tocándola, pero ella hizo gran fuerza, y lo empujó a un costado.

Entró en su casa y buscó a Alejandro a través de la ventana, seguía ahí su auto estacionado, debió ver todo eso pensó. ¿Por qué no se va? ¿Qué espera? Se decía así misma, luego lo vio marcharse al fin.

Entonces eso era todo, más tarde lo arreglaría, siempre lo hacía. Después de una ducha tibia se acostó y durmió tranquilamente con Tomás al lado de la cama.

En cambio Alejandro sufría un terrible insomnio, acostado en su cama amanecía frente a sus ojos pensando en lo que debía ser su novia. No podía quitarse de la cabeza la forma en la que aquel individuo que estaba en su casa la miraba y la tocó descaradamente frente a él.

Posiblemente la esperaba, y más allá de la locura, podía verla denuda en un acto sexual con ese hombre, lo cual le resultaba cientos de puñales clavándole en la espalda.

— ¡Buenos días! Parece que alguien madrugó anoche —dijo Leticia.

—Se me fue me la hora amiga — gracias por cubrirme. —expresó Mariel agotada.

—Está bien siéntate y quítate esos lentes oscuros — recién se fueron un grupo de personas, les he cobrado con tarjeta.

—Bueno; me pondré al tanto —alegó Mariel.

— ¿No harás hoy el viaje que me habías dicho? —interrogó Leticia.

—No para nada, debo organizarme — para empezar no se adonde dejar a mí perro Tomás, no quiero dejarlo en mi casa y tampoco en una veterinaria —confesó Mariel.

—Puedes dejarlo en mi casa si quieres, yo no tengo mascotas, vivo sola; estará bien —aseguró Leticia.

— ¿De verdad harías eso por mí? —le preguntó Mariel.

— ¡Pero por supuesto! Es solo que yo en el día no me quedo, pero puedo dejarle la comida a su alcance.

— ¡Oye amiga! A la noche le gusta dormir con aire acondicionado y en su camita, no le gusta el calor —le comunicó ella con gracia.

— ¿Ah sí?... ¿Y no querrá entrar antes a la tina? —dijo Leticia.

—Y si tienes una —respondió Mariel con una sonrisa.
—Mariel; he querido decirte algo hace días y no encontraba el momento.
—Dime. ¿Qué pasa? —le preguntó Mariel intrigada.
— ¿Te acuerdas que te conté hace días que de noche iría a trabajar de suplente a un restorán?
—Sí, lo recuerdo —afirmó ella.
—Bueno; estaba yo tomando el pedido a unos clientes en una mesa, cuando vi llegar a tu novio, acompañado de una mujer — creo que él no me reconoció, porque pasé varias veces delante de ellos y ni me miró, un compañero los atendió.
— ¿Estás segura que era él? —preguntó Mariel un tanto pensativa.
—Claro que sí, y los he controlado todo el tiempo que podía.
—La mujer le acarició la mano en más de una ocasión, y conversaron durante un buen rato, después de la cena se marcharon —comunicó Leticia.
— ¡Debiste decírmelo al día siguiente! Pero gracias igual por contármelo ahora —expresó Mariel.
—Estabas como distraída esos días, pensé que no era el momento.
— ¿Y qué harás? —interrogó Leticia con un poco de culpa sin saber si hizo lo correcto en decirle; o es que debió quedarse callada, no lo sabía.
—Voy a quitarle la verdad, y si me ha engañado, la verdad no me importa mucho, y con respeto al viaje, te avisaré querida amiga —dijo Mariel alegre mientras Leticia la observaba confundida.

Mariel se paró frente a la caja registradora y comenzó a trabajar. En un momento revisó su celular pensando encontrar varios mensajes de Alejandro como de costumbre, pero ésta vez no había nada — Debe estar molesto pensó.

Alejandro se despertó y revisó la hora en el celular, eran las 10 a. m. Vio que tenía un mensaje de Mariel, bajó su teléfono en la cama, no deseaba enterarse que había acertado una vez más las cosas, pensó un momento y luego lo leyó.

«Discúlpame con tus padres, pero no podré ir hoy a conocerlos.
Estoy cansada, y tengo cosas que hacer» —decía.

Capítulo cuatro
EL FINAL

Alejandro suspiró, sostuvo sus dedos sobre el celular, y luego respondió.

«Mariel: debo hablar contigo cuando antes.

— ¿Puede ser en la hora del almuerzo? — por favor no me des una respuesta negativa».

—Bueno; te espero a las doce en el estacionamiento del bar —respondió ella.

Y eso era todo, Alejandro presentía que el final se acercaba. Era sólo cuestión de tiempo para que la soledad encontrara lugar en él, planeó que hacer cuando aquel último hilo se rompiera, para no enloquecer, ni perder la cabeza.

De momento encendió su equipo de música y preparó su maleta, todo lo tendría listo, de alguna manera debía escapar de sus sentimientos pensaba.

Cuando llegó el momento, bajaba en el ascensor sintiendo en el pecho que iba camino a su propia derrota, pero ya no podía dar vuelta atrás, por su propio bien.

Llegó al estacionamiento de donde estaba Mariel, y la esperaba impaciente, su corazón estaba acelerado, respiró profundo y entonces la vio venir. El viento levantaba su cabello, adoraba su manera de caminar, sus pasos le daban un movimiento sensual a sus caderas.

Ella no podía verlo probablemente por el polarizado del los cristales, pero parecía que sabía que la estaba viendo, se desprendió un botón de su camisa justo antes de llegar. Era una certeza que jugaba con él pensó.

— ¡Hola! —saludó Mariel con la voz suave.

—Hola…tal vez, sea mejor que hablemos fuera del auto —dijo Alejandro.

—Estoy bien aquí, ¿acaso me temes? —le preguntó ella.

—No lo sé Mariel, tal vez —comentó Alejandro y luego siguió.

—Mira; creo que hay dos tipos de pareja, las que hablan, dialogan y las que no lo hacen y se ocultan cosas – yo necesito que hoy hables conmigo, sincérate, no más mentiras.

—No sé de lo que hablas —objetó Mariel.

—Bueno jugaremos un juego, yo te haré preguntas y tú responderás solo con la verdad —ideó Alejandro.

—Está bien —dijo ella exhibiendo mal humor.

—Comenzaré por lo último —siguió el.

— ¿Quién era el hombre que te esperaba anoche en la puerta de tu casa? —preguntó el mirándola con atención para estudiar su respuesta, sus gestos y mirada.

—Es mi primo Édison, llegó hace unos días a mi casa y se alojó, se quedará un tiempo.

—Es un idiota, no quise decírtelo, porque no quería que desconfiaras. Eres muy desconfiado tú tienes la culpa entonces.

—No des la vuelta las cosas, no lo hagas. Ese hombre intento tocarte Mariel, lo he visto —manifestó él.

—Estaba ebrio, fue eso —añadió ella.

—Ese sujeto tiene intenciones contigo, te lo digo por la forma en la que te miraba, yo lo sé.

— ¿Tú te has acostado con él? —insistió Alejandro

— ¡Ya basta! Pasa a la siguiente pregunta porque no acabaremos bien con esta.

— ¡Mariel responde! Al menos eso merezco, ¿no?, me has estado utilizando a tu antojo y exijo de ti hoy la verdad.

— ¡Está bien! ¡No me grites! ¡Baja el tono de voz con el que me hablas!

—No me acosté con él. ¡Pero qué fastidio! —alegó.

—Pregunta número dos: ¿me amas?

—No hagas esto Alejandro, ¿qué más quieres de mí? —dijo ella alterada.

El color de sus ojos

En verdad sentía que estaba al borde de perder la paciencia sin salida alguna, se le ocurrían varias ideas tal vez podía decirle que no se sentía bien y salir del auto o simplemente escapar, luego a solas podía tomarse el tiempo de arreglarlo, pero se quedó quieta y en silencio.

— ¡Qué bueno que lo preguntas Mariel!

—Quiero que seas mi esposa, una amiga — deseo formar un hogar contigo, tener hijos.

—En pocos meses cumpliré 32 años y nunca antes de ti, había encontrado una mujer con quien quiera formalizarme, pero me di cuenta que todo este tiempo estuve equivocado.

—Me he hecho otra idea sobre ti y sobre nuestra relación.

—Discúlpame que te lo diga, pero eres una mujer para un rato; o para una aventura no romántica, sólo eso.

—Tú no tienes sentimientos, eres fría y calculadora —dijo Alejandro molesto.

— ¿A qué viene todo esto? ¿Es por la mujer con la que saliste la otra noche? — ¿Y tú? ¿Has dormido con ella? —dímelo lo solucionaremos, no será un problema.

—Verás, soy una mujer de mente abierta, puedo con ello. —aseguró ella.

—A ver dime tú, ¿podrías con ello? ¿Eso dices?, o sea que, ¿no te importaría? —interrogó Alejandro impresionado por sus palabras.

—Si tú me has engañado una vez, yo te engañaré con tres hombres y las veces que sea necesario o que se me antoje.

—Si tú puedes con eso, entonces yo podré vivir con tu traición, así que sólo dilo, no hay ningún problema, por mi está bien —declaró ella con una media risa, pero más allá de todo estaba muy nerviosa. Sin embargo no deseaba explotar y decir lo que no debía.

—Y supongo que esa teoría te la enseñó tu madre —dijo Alejandro y continuó.

— ¡Una señora ejemplar! Bueno no te engañé nunca Mariel.

—Salí a cenar con esa chica, porque me sentía solo, tú no querías salir conmigo, y tenía ganas de hablar, pero me di cuenta que ella tenía otras intenciones. Es una mujer falsa como cualquier otra que haya conocido, así que al llegar a mi departamento bloquee su número de teléfono.

—Entonces volvamos a la pregunta anterior. ¿Tú me amas? — siguió Alejandro.

—¿Por qué estás tan molesto?... ¿Es porque no fui a Encarnación a conocer a tus padres? —preguntó Mariel.

— ¡Es porque me mientes Mariel y juegas! Ni hablar de lo del Bar con esos hombres, luego me entero que en tu casa está durmiendo un hombre.

—Ahora te pido una cosa nada más, la verdad, ¡respóndeme! Sólo dilo y ya —insistió el.

—Francamente creo que estás muy alterado, no hay duda — dijo Mariel y le sudaban sus manos.

— ¡Dímelo Mariel! ¡Mierda! — ¿Por qué me haces esto? — ¿No bastó todo el amor que te mendigué durante meses? — ¿También debo suplicarte que seas sincera tan sólo una vez? — le gritó Alejandro al tiempo que Mariel sentía que su corazón se aceleraba de rabia y coraje.

— ¡No!... ¡No te amo! ¿Eso es lo deseas escuchar? Pues, ya lo dije, yo no te amo, no siento nada por ti, ahora mismo te odio y solo quiero golpearte.

—Aslo entonces, si eso te hace sentir mejor, no voy a detenerte —la interrumpió Alejandro y ella lo miró detenidamente a sus ojos, y ahora sólo contemplaba una calma y a la vez una gran tristeza.

—Sólo eres un hombre que me ayuda, y debería sentir al menos un agradable agradecimiento hacia ti, pero ni siquiera eso, es que no puedo, yo no sé sentir las cosas que tú sientes, no sé por qué.

—Me siento bloqueada todo el tiempo y duele, pero no entiendo que es, sólo no me permite vivir del todo.

—Nunca podré ser tu esposa, esa es la verdad. ¡Lo siento!

—No quería lastimarte, pero desde que llegaste a mi casa, se volvió una obligación estar contigo —confesó Mariel.

Alejandro sentía que moría lentamente y deseaba marcharse de inmediato. Pues, le resonaban las palabras más hirientes que le habían dicho jamás, y cada segundo en su presencia se sentía más humillado. Reprimió las lágrimas que querían inundar sus ojos, al tiempo al ver llorar a Mariel sintió pena por ella e imaginó que todo habría sido un suplicio para ella.

— ¡Ah!... ¿has dicho obligación? —interrogó el apenas.

—Por favor no me hagas hablar de mi madre, sólo olvida todo esto y a mí —dijo Mariel y secó su lágrimas.

No hay duda que el amor te hace estúpido, ahí estaba Alejandro mirándola con compasión. Deseaba con todas sus fuerzas abrazarla, acariciar su rostro, decirle que todo iba estar bien, pero no podía hacerlo, seguramente ella lo rechazaría.

—Ok... tranquila — por favor no llores más.

—Escúchame: no tendrás que volver a verme. Se termina todo hoy entre nosotros, eres libre; al menos de mí y ahora puedes irte —dijo Alejandro.

Mariel en silencio puso su mano en la manija de la puerta del auto para bajarse y en eso Alejandro le habló.

— ¿Mariel?...

— ¿Si? —le respondió ella.

—Solo una pregunta más, luego jamás volveré a molestarte, cuando estábamos juntos en la cama, ¿fingías? —preguntó Alejandro.

—Nunca fingí eso, he disfrutado cada momento siempre.

—Fue lo único real que tuvimos —respondió Mariel y se bajó del auto.

Cuando la puerta se cerró, aquello que imaginaba finalmente terminó, la observó marcharse hasta que la perdió de vista, esperando hasta el último segundo que se diera vuelta, regresara y le dijera que todo había sido una broma y que si lo amaba, pero era inútil eso.

Regresó al departamento, tomó su maleta y regresó a su vehículo de prisa. Aceleró con la vista clavada al frente con la radio en alto volumen. Deseaba con afán salir de la cuidad y escapar de los recuerdos de Mariel.

En la carretera observó con ira el lugar donde estuvo de madrugada con ella, recordó sus besos, su cuerpo y su voz mientras la hacía suya. Entonces le dio unos golpes al volante y gritó: ¡pero que idiota fui!.. ¡No puede ser!

En el Bar, Mariel pensaba en lo que haría ahora, y lo que le diría a su madre, la decepcionaría de seguro.

—¿Mariel estas bien? —le preguntó Leticia.

—Estoy bien, es sólo preocupación, tengo problemas en mi casa, quisiera poder escapar a veces, pero no puedo.

— ¿Qué ocurre dímelo? —insistió Leticia.

—Es todo tan complicado desde que mi padre se fue.
—El poco tiempo que él estaba en casa ayudaba, pero ahora es un desastre —comentó Mariel con los ánimos caídos.
—Mariel; si quieres puedes irte a tu casa, nosotros nos encargaremos, el jefe no vendrá hoy.
—La verdad, deseo irme —confesó Mariel y comenzó a recoger sus cosas.
— ¡Ah! Mariel; cuenta conmigo para lo que necesites, no olvides eso —añadió Leticia.
—Gracias —respondió ella, y ahora que ya no tenía a Alejandro, debía tomar un autobús, ya no habría taxi, nadie que la buscara, ni esperara por ella,

En el viaje recordaba todo lo que le había dicho a Alejandro, sus ojos tristes y su voz ronca, lamentaba que aquello había llegado tan lejos.

Llegó a su casa y sólo deseaba ver a Tomás, y abrazarlo. Entonces entró directo a encontrarse con él, lo llevó a su habitación, y lloró acostada en su cama, pidiendo a Dios que la ayudara, que le mostrara ese camino que no conocía.

Su madre estaba distante, probamente volvió a ser la misma de antes de ir al hospital, esa que no la saludaba, ni le hablaba tal como si la odiara, ahora era justo lo que necesitaba, pensó.

Más tarde se levantó he hizo la cena, Elena estaba en su habitación, seguramente en la oscuridad pensando quien sabe qué, o contemplando alguna cosa a oscuras.

— ¡Cielo Santo! Pero, ¿qué haces en el rincón mirándome?
— ¿Estás loco? —exclamó Mariel al descubrir a Édison.
—Discúlpame prima, no quería asustarte —respondió el.
—Bueno, una charla no me vendría mal en este momento – ¡ah! ¿Hasta cuándo piensas quedarte aquí?
—No lo sé, ¿quieres que me vaya? —interrogó Édison.
—Es solo que estoy intrigada, pues, no trabajas, mi madre no cobra ningún dinero, la única que tiene empleo aquí soy yo —dijo Mariel y antes de seguir Édison la interrumpió.
—Eres muy diferente, ¿sabes? Por eso siempre me quedo viéndote —dijo él con una sonrisa y mirándola de reojo.
— ¿Diferente? ¿De qué hablas?
— ¿Te refieres a cuando era pequeña? —interrogó Mariel.
—Sí, pequeña —respondió él sonriendo.

El color de sus ojos

—A mi mamá no le gustan las fotografías, y no tengo ni una sola de cuando era bebé. Sólo poquitas que me tomaron en la escuela, cuando tenía como nueve años.

— ¿Tú me has visto de bebé? —le preguntó y Édison la miraba fijamente, pero no respondió.

— ¿Conociste a mi hermana? ¿Qué le sucedió?...

Mariel observó sus ojos, su rostro, su cuerpo. Era un hombre alto de piel morena, de unos cuarenta años. Su vestimenta era un tanto inusual, camisilla, pantalón y botas náuticas. Tenía un tatuaje en el brazo, un pez y una red, su ceja era abundante y mirada fijamente al frente como si estuviera paralizado.

Ella se acercó y lo observó desde cerca, pero él ni siquiera pestañeaba. Sin duda era un hombre algo extraño, y tenía mucho en común con Elena, pensaba.

—Bueno, la cena está lista, avísale a mi mamá, yo estaré en mi habitación —dijo y se alejó convencida de que Édison debía tener algún problema de salud mental.

Cuándo pasó por la habitación de su madre se detuvo frente a ella, la puerta estaba media abierta. Se acercó lentamente y observó desde allí.

— ¿Mamá?... ¿Estás ahí dentro? —le preguntó.

Se aproximó a la entrada y observó detenidamente al interior, estaba tan oscuro, pero aun así la vio sentada en un sillón, sus ojos brillaban y estaba quieta como una estatua.

—Mami... ¿estás bien? ¿Estás molesta conmigo?

—Está bien, te dejaré sola —dijo Mariel y se alejó.

En su habitación sin querer recordaba de nuevo a Alejandro, su aroma a perfume caro y el sonido de su voz venían a su mente y en verdad la había herido con aquel comentario que hizo, al decir que ella era una mujer sólo para un rato.

Se sentó en la banqueta del tualet, abrió su alhajero y contempló las joyas que él le había regalado, recordando sus palabras, los momentos de pasión, y suspiró profundo. Tomás la miraba como y si quisiera hablarle.

— ¿Qué tal si tú y yo vemos una película amiguito?
—dijo Mariel buscando distraer su mente.

— ¡Huele delicioso cariño! —comentó el señor.

— ¿Verdad? Ya casi está todo listo – llámalo otra vez, ya deberían haber llegado hace rato —dijo la señora.

Mercedes Reballo

— ¡No atiende mujer! Seguro ni siquiera salieron, y tu preparando un banquete.
—Ahí hay algo raro, te lo he dicho —aseguró el señor Manuel.
—Nuestro hijo está muy enamorado, eso es lo que yo sé. Estoy segura que enseguida llegarán.
La madre de Alejandro se acercó a la ventana con un suspiro por delante, para ver si veía llegar a su visita tan esperada.
— ¡Manuel mira! El auto de Ale está allá estacionado.
— ¿Pero qué demonios hacen ahí? — ¿Qué esperan para bajar? —expresó el señor
—Vayamos a ver qué ocurre —terminó ella.
La mujer se adelantó a alcanzar al auto que estaba estacionado cerca de la casa. Cuando casi llegaba escuchó una melodía que provenía del vehículo. Entonces golpeó la ventanilla intrigada.
— ¡Hijo! Pero… ¿por qué no llegas? —le preguntó al tiempo observó el asiento del acompañante vació, y los ojos irritados de Alejandro.
— ¿Qué ocurrió Alejandro? Cuéntamelo —insistió ella y en eso vio a su esposo acercarse, movió la cabeza y le hizo seña para que se regrese a la casa.
—Te lo dije —dijo él y se alejó.
— ¡Hijo has estado bebiendo!, pudiste haberte matado — dime: ¿qué fue lo que ocurrió? ¿Pelearon?
— ¡Mamá!… ¡Me siento un estúpido! —dijo Alejandro.
—No, tú no eres eso, eres un hombre increíble, gentil, amable, noble – el hijo que cualquier madre desea tener. Ale: puedes decirme lo que sea, lo arreglaremos juntos.
—No hay nada que arreglar mamá.
—Me equivoqué terriblemente, y ahora debo olvidar y seguir pero no sé si pueda —expresó él.
—Seguro todo se arreglará, no puedes dar por hecho las cosas.
—Mira; te contaré una cosa, cuando tu padre y yo éramos sólo novios, le encontré un gran defecto y pensé que no podría con eso.
—Por rato, él era el hombre ideal para mí, estaba muy enamorada, pero a veces su humor era pésimo.

—No me gustaba como me hablaba, le dije que todo terminaba, que no estaba dispuesta a tolerar su trato.
—Él me explicó que ése era su carácter, su padre lo golpeaba y de alguna forma le había transmitido ira, pero que jamás me lastimaría.
—Entonces fui a mí casa, lo pensé mucho y decidí aceptarlo.
—Si me equivocaba sería otra cuestión y seguí con él, nos casamos, te tuvimos y cuando se ponía nervioso siempre lo manejaba – hasta ahora, le digo:
—Estás muy alterado, hablaremos cuando te hayas calmado y eso es todo, nunca peleamos.

Alejandro miró a su madre, pensando que eso era exactamente lo que Mariel solía decirle.
—Bueno mamá, veremos que ocurre, no te preocupes yo estaré bien, sólo estoy muy cansado hoy.
—Me quedaré hasta el lunes, el martes tengo audiencia, así que debo estar temprano ese día en Asunción
—comento él.
—Bueno, deja el auto en la cochera, te espero adentro —le dijo su madre.

La señora estaba preocupada por Alejandro, entró a la casa y le pidió a su esposo que no hablara del tema de la novia, y le explicó que no lo vio nada bien.
—Hola hijo... que bueno verte, tu madre ha hecho unas delicias en la cocina.
— ¡Hola papá! —saludó desganado.
— ¿Qué tal van las cosas en el trabajo? —preguntó el padre.
—Bien papá, he contratado más personas, vamos creciendo —comentó el.
—Eso está muy bien, es solo que estas lejos. ¿Por qué no abres una oficina aquí? Cerca de tus padres.
—Cariño, no molestes con eso ahora —dijo la señora.
— ¡Cielos! ¿Es que ya no se puede hablar en esta casa?
—Papá, tal vez lo haga en algún momento ¿sí?
—Ahora llevaré mis cosas a la habitación —anunció Alejandro, y luego en la cena comprendió lo afortunado que era esa noche después de todo. Tenía a sus dos padres que lo miraban con esos ojos de amor y orgullo.

Pasó esos días siendo mimado cual niño que se ha lesionado, y el lunes emprendía su viaje de regreso a Asunción.

Ese día al anochecer, Mariel regresó a su casa de mal humor buscando a su madre. Entró a la casa y todo era silencioso en la sala estar. Cerró la puerta y caminó en dirección a la habitación de Elena.

— ¿Mamá? —dijo, ésta vez estaba dispuesta a decir todo lo que pensaba y sentía. Estaba cansada de callar, cuando se acercaba al cuarto, escuchó unos ruidos provenientes del interior, era un sonido rechinante e intrigante.

— ¡Mamá! —repitió Mariel pero nadie habló, y los ruidos seguían cada vez más potentes. La puerta estaba unos centímetros abierta, sin más decidió alejarse, y no descubrir lo que hacían aquellos dos.

Se sentó en su cama y comprendió que su madre tenía un romance con aquel hombre y seguramente que en realidad ni siquiera era su sobrino.

Era de esperar, Elena era una mujer que programaba sus acciones, experta en mentir y manipular, la conocía como nadie.

Durante años había sido su maestra, su instructora, pero lo que no sabía era cuáles eran sus límites. Después de un rato estaba llamando en su puerta.

—Pasa mamá —dijo Mariel evitando verla a la cara.

—Quería avisarte que me llamaron del banco y me dijeron que la cuenta ha sido cancelada en su totalidad más los intereses.

— ¿Qué? ¿Estás segura? —preguntó Mariel impresionada.

— ¡Claro!, deberías darles las gracias al abogado —dijo Elena.

—Mamá; esa relación ya se acabó.

— ¿Por qué? ¿Qué fue lo sucedió? —indagó Elena.

— ¡Ah! No lo sé, solo se terminó y ya —respondió Mariel.

— ¿Terminó?, ¿de nuevo me ocultas cosas? Mariel; tú no puedes con los gastos sola.

—Necesitas un hombre que aporte su parte. Si lo has dejado no hay problema, te buscaremos otro amante, uno mejor todavía —dijo Elena.

—Mamá; no quiero hacer esto, buscaré otro empleo, trabajaré doble turno, yo podré sola —añadió Mariel y eso de inmediato cambio la cara de Elena.

— ¿Acaso eres una estúpida? — ¿Qué sucede contigo? — ¡Mírate! Eres joven y hermosa.

—Debes ponerle un precio a tu cuerpo. ¿Crees que te verás siempre así?

—Pues no, es ahora cuando debes sacar el mayor provecho. Estás fresca, disfrútalo — no seas una idiota, dime: ¿acaso te eduqué para que seas una mosca muerta?

—Mamá, no te enojes, pero no es lo que quiero para mí.

—Yo, deseo terminar mi carrera y trabajar, te cuidaré lo prometo —aseguró ella.

—Estás divagando... es tu padre quién te ha metido esas estupideces en la cabeza.

—Siempre me pareció absurdo que vayas a la facultad, pero ese hombre era un terco —dijo Elena.

—Me llamaron hoy de la facultad en el trabajo, a preguntar que por qué no había ido a rendir y si el tema de mis documentos estaba resuelto.

— ¿Por qué me has mentido madre? —exclamó Mariel con lágrimas en los ojos.

—Por tu bien, siempre he hecho lo mejor para ti y no serás una mala agradecida.

—Harás lo que yo te diga jovencita, porque debes obedecer a tu madre.

—Se te cayó una tarjeta el otro día, de hecho. Reconocí en seguida a ese hombre.

—Es un importante empresario, es el candidato perfecto — declaró Elena.

—Sabes que pienso madre; es un hecho que quieres que yo haga lo que tú deseas hacer y no puedes, pero yo no soy tú y ya no soy una niña.

—No puedes castigarme, me has maltratado toda la vida, pero soy una mujer ahora, y no puedes obligarme.

— ¡Quiero mis documentos! ¡Entrégame mi acta de nacimiento ahora! —le gritó Mariel y dio un paso hacia atrás para no ser agredida.

— ¿Eso es lo que crees Mariel? ¡Vaya!... estás muy equivocada niña —expuso Elena.

— ¿Quién es la pequeña de la fotografía que guardas bajo llave mamá?

— ¿Has tenido otra hija? — ¿Dónde está?

— ¿Qué le has hecho? —interrogó Mariel observando con temor a su madre, y pronto la vio aproximarse a ella.

— ¡Aléjate de míiiii!... ¡Eres una madre horribleee! —proclamó ella en llanto.

— ¿Qué sucede aquí? —interrumpió Édison desde la puerta.

—Qué bueno que has venido, tú eres ahora el jefe de esta familia. ¡Entra! —le dijo Elena.

Édison tenía la misma risa de siempre en su rostro, entró y cerró la puerta con llave.

— ¡Salgan de mi habitación!, por favor —dijo Mariel.

—Ésta es mi casa, y todo lo que hay dentro me pertenece, incluso tú — Creí que eras una chica obediente.

—Me has decepcionado, me siento molesta y cuando tengo ésta rabia en mí, no soy consciente de mis acciones.

—Se me han ocurrido muchas ideas para ti, y venía a comentártelas y tú me has salido con que no harás lo que yo diga, aun así seré amable y te daré otra oportunidad, escucha muy bien —dijo Elena, colocó el puño en su cintura y continuó.

—No tienes opciones, en unos minutos verás que me necesitas, me pedirás que te ayude, y solo yo podré ayudarte, y lo haré con una condición.

—Que hagas exactamente lo que yo te diga – llamarás a ese empresario, saldrás con él y con muchos más.

—Compraremos una casa a nivel, ésta es una pocilga vieja.

—El inútil de tu padre nunca me dio la vida que yo esperaba, pero tú si puedes — Hace años debimos hacer esto.

—Édison; tal vez, ya te lo he dicho antes: ¡haz lo que quieras con ella! Yo me sentaré justo aquí y observaré —declaró Elena con el rostro victorioso.

Mariel estaba estupefacta, miró a Édison esperando que éste dijera algo coherente, pero lo vio aproximarse a ella con los pasos largos.

Édison la tomó con fuerza, ignorando sus manotadas y gritos, la puso de espadas contra la pared, la envolvió con sus brazos y le cubrió la boca con su mano.

— ¿Te calmarás o qué? —le advirtió y luego siguió.

—Has sido una chica muy mala, ahora te enseñaré a respetar.

— ¡Quédate quieta! Porque te lastimaré si no obedeces.

—Te quitaré los dedos de la boca, pero si gritas te golpearé, pero tú, ¿no quieres eso verdad? No sería nada agradable dañar esa cara tan bonita, ni para la clientela que se te vendrá encima —dijo, le quitó la mano de la boca y comenzó a tocarla, pasó su lengua por su cuello con la respiración agitada, luego introdujo los dedos entre sus piernas.

— ¡Mamá! —exclamó Mariel, respiró hondo y siguió.

— ¡Por favor ayúdame!, haré lo que me pidas. ¡Lo siento! — se rindió Mariel.

— ¿Qué has dicho? Repítelo —exigió Elena.

—Haré lo que tú digas, ¡ayúdame! —suplicó Mariel fatigada y sumisa.

Elena sonrió y se levantó de la silla, alegre y complacida.

— ¡Suéltala Édison! —le ordenó Elena.

—Pero Elena. ¡Déjame divertirme! ¿No?

— ¡He dicho que sueltes a mi hija! ¡Ahora! —declaró ella.

Al quedar libre, Mariel se deslizó por la pared hasta quedar sentada, puso su mentón sobre sus rodillas, y lloró.

—No seas tan exagerada querida, no te ha hecho nada, ahora tenemos un trato, pero tenemos otro problema.

—Tú entraste a mi habitación sin mi consentimiento y tocaste mis cosas.

—Sabes que las malas acciones no pueden quedarse sin consecuencia, yo no quiero, pero debo castigarte; o si no, ¿cómo aprenderías?

—Me pregunto… qué ocurriría si… preparo un delicioso filete de carne, y le echo polvo para roedores y se lo doy a Tomás.

— ¿Qué crees que pasará? —le preguntó Elena.

— ¡No!, por favor no me quites a mi perro —dijo Mariel, se levantó de prisa y se acercó a su madre dispuesta a implorar.

— ¡Lo siento! No volveré a fallarte, lo prometo, me portaré muy bien.

—Haré todo lo que tú desees, te daré la casa que quieres y un auto, lo que sea.

—Lo conseguiré, pero no me quites a Tomás, ¡por favor mami! ¡Perdóname!

—Llamaré al hombre de la tarjeta ahora mismo, él me dijo que me daría lo que yo le pidiera.

Elena miraba con orgullo a Mariel mientras marcaba su celular.

—Hola… soy Mariel, me dijo que podía llamarlo, nos conocimos en el club —le dijo.
—La recuerdo Mariel, ¿cómo la olvidaría?, y dígame. ¿Qué es lo que ha decidido?
—Mañana, puedo pasar la noche contigo, si quieres —dijo Mariel.
—Por supuesto que sí muñeca y dime. ¿Cuánto quieres? —preguntó el señor.
—Te saldrá 300 dólares una noche, pero a cambio me tendrás a tu disposición.
—Complaceré todos tus deseos, te prometo que será la mejor noche de tu vida —aseguró ella.
—Te daré más que eso Mariel, además de algún regalo especial que escojas, porque eres un encanto.
—Estoy ansiosa por verte, eres un hombre muy atractivo.
—Esa noche que te vi sentí algo muy intenso por ti. Tal vez, sea una atracción física, no lo sé —dijo Mariel secándose las lágrimas.
— ¡Ay! ¡Estoy enloquecido por ti Mariel! Fue amor a primera vista sin duda.
—Escúchame; mañana a las nueve de la noche, te enviaré un chofer para que te recoja de tu domicilio.
—Te mandaré su número para que coordinen la ubicación.
—Está bien hasta mañana —se despidió Mariel y se encontró de frente a los ojos de orgullo de su madre.
— ¡Felicitaciones señorita! Has hablado como toda una dama, me orgulleces —confesó ella, luego siguió.
—Sin embargo, como siempre te dije, las malas acciones tienen consecuencias.
—Te lo he dicho mamá, no volveré a fallarte, discúlpame —insistió Mariel y de inmediato recibió un golpe en la cara.
—Eso es mucho mejor de lo que iba hacerle a tu perro, pero me has convencido, ahora nos entendemos bien —declaró Elena cruzando sus brazos.
—Está bien mamá —dijo ella, secó sus lágrima y luego siguió.
—Haré todo lo que tú digas a partir de hoy, pero solo deseo una cosa mamá, últimamente me he sentido desanimada.
—Quiero volver a caminar por las mañanas.

El color de sus ojos

—¿Te acuerdas que lo hacía cuando papá vivía, y me iba a un gimnasio?, eso me daba energía, me sentía bien.

—Me gustaría hacer unas vueltas en la avenida antes de ir a trabajar todos los días, ¿me das permiso? —le preguntó.

—¡Claro querida! Puedes ir, así te mantendrás en forma también.

—Bueno dejemos a la niña, salgamos de aquí —ordenó Elena alejándose, Édison la miró alegre hasta salir al exterior.

Mariel se apresuró en traer a Tomás a su habitación. Lo metió, cerró con llave la puerta, y se sentó a llorar en el suelo desconsoladamente.

Al fin lo había aceptado que esa mujer que era su única familia en teoría, no la quería, nunca la había querido. Recordó de inmediato sus castigos de niña.

—¿Mariel dónde estás? —ya sé que rompiste un plato, intentaste ocultarlo, ¿no?

—¡Puedo verlo todo! —decía y Mariel observaba sus pies desde bajo su cama, su corazón latía precipitado en lo que la veía acercarse. Estaba tan quieta como podía y sólo deseaba que ella no la encontrara, pero de pronto la perdió de vista.

El temor aumentaba y luego sintió una presión en sus pies que la estiró con una fuerza implacable sacándola al exterior.

—¡Te encontré pequeña zorra! Sepa, que las malas acciones no pueden quedarse sin consecuencia, yo no quiero pero debo castigarte —dijo sujetándola con una mano y con la otra sacó del bolsillo un encendedor luego su propio grito la regresó al tiempo.

Acarició a su perro en el suelo y siguió pensando. Tantos años de su vida, esperando el día que le dijera que la quería y lo importante que era en verdad, pero ahora ya no deseaba su amor.

En cambio estaba ansiosa por alejarse de ella. Tomó su celular, y en primer lugar observó el contacto de Alejandro. Deseaba hablar con él, lo cual era extraño, pero no lo hizo, le mandó un mensaje de suma importancia a Leticia y esperó paciente su respuesta.

Se acostó en su cama, abrazó su almohada y deseo que amaneciera, tal vez, mañana sería un gran día y las cosas se arreglarían.

A decir verdad, Mariel sentía algo nuevo, pero no lo podía manejar, y no entendía de qué se trataba, era mejor ignorar aquello.

Alejandro había cancelado la cuenta a pesar de lo que ella le había hecho. ¡Vaya! ¿Por qué haría alguien algo así? Comenzaba a dudar de lo que su madre le había dicho a cerca de los hombres.

Tal vez, no eran tan malos después de todo. Sintió ganas de mandarle un mensaje de agradecimiento, pero sentía vergüenza. Al parecer aquel día creó un muro entre los dos, ahora ni siquiera podían ser amigo.

Capítulo cinco
EL DOCTOR

    Al primer grito del sol, Mariel se despertaba con los ojos hinchados, enjuagó su rostro y buscó en su placar el atuendo indicado.
    Se vistió una calza ajustada a la cintura y un tops negro, puso su cedula de identidad bajo el ombligo y acomodó dinero en sus senos. Se puso sus zapatos deportivos y un lente de sol.
    Quitó del cajón una cuerda y le hizo un ñudo en el cuello a Tomás y salió. De seguro su madre estaría en la sala tomando unos mates como de costumbre.
    — ¡Vaya! Así es como me gusta verte vestida hija, debes exhibirte, ¡levantando braguetas por donde vayas! —comentó Elena con una risa divertida.
    —Bueno, pensé que tal vez, me levante algún cliente por el parque justamente —dijo Mariel y siguió.
    —Ya no perderé tiempo desde hoy madre.
    —Y, ¿llevarás a ese perro? ¿No espantará a nadie? —le preguntó Elena.
    —Para nada — mírame; soy como una bruja sensual con su perro feroz, todos los hombres me verán—anunció Mariel.
    — ¡Esa es la hija de Elena! ¡Vaya, Vaya!
    —Pero, si te he hecho a mi semejanza, eres igualita a tu madre —añadió Elena orgullosa.
    —Bueno, caminaré durante unos cuarenta minutos, nos vemos en seguida.
    —Te quiero mamá —terminó Mariel y abrió la puerta.

Al salir a la calle con Tomás sintió la brisa fresca en su rostro. Una lágrima cayó de bajo de sus lentes y apresuró sus pasos, hace mucho tiempo que debió hacer eso, pensaba, pero antes no tenía una amiga.

Elena nunca le permitió tener amigas, porque decía que la amistad no existía, que entre mujeres solo puede existir la rivalidad y entre una mujer y un hombre sólo sexo.

Al final de la calle, frente al parque vio estacionado el taxi amarillo que había pedido y se sintió aliviada, ese señor conductor la esperaba, sin saber que era nada más y nada menos que su transporte a la libertad.

—Señor, ¿puedo subir a su vehículo con mi perro? — le pagaré más, si desea —declaró Mariel esperando con ansias su respuesta.

— ¡Buenos días señorita! Puede subir con su mascota siempre y cuando no me muerda —dijo el señor con una sonrisa.

Mariel subió al coche con Tomás a su lado y sintió nauseas a los minutos. Una sensación tibia subía a su cuello y su corazón se aceleraba, su frente sudaba frío. Se quitó los lentes, y acomodó su cabeza en el asiento.

— ¿Quiere que le baje las ventanillas? —planteó el señor.

—Si por favor —respondió Mariel con el rostro pálido.

—Su perro me está oliendo las orejas, parece que le agrado —alegó el señor.

—Mariel sonrió sin ganas y esperó con ansias llegar a su destino

—En su consultorio el Dr. Benjamín había terminado de atender a un paciente

—Dr. ¿Quiere un café? —le preguntó Alicia.

—No, gracias Alicia —dijo el Dr. mientras escribía en su cuaderno.

—Oiga, apenas abrí, llamó un hombre, solicitó un turno para terapia con hipnosis.

—Le di turno para mañana.

—Alicia; ya le he dicho que deseo ir dejando eso, al menos por ahora.

—He llegado a involucrarme demasiado con esos pacientes mentalmente y me hace mal. Algunos casos me han quitado el sueño, y quiero ayudarlos, pero necesito estar bien yo primero.

—Por cierto tiempo nada más me siento así, cansado luego todo mejora, me repongo y vuelvo a empezar, mientras tanto sólo anote a mujeres — expuso el.

—Dr. éste hombre era policía, se oía muy educado —insistió Alicia.

—Odio a los policías Alicia, sabe; desde que he empezado a hacer eso, mucha gente venía, solo de curiosa y yo esperaba algo más —confesó el doctor.

—No lo entiendo, como siempre Dr. pero está bien le preguntaré la próxima vez —aseguró ella.

—Alicia, ¿mañana me podrá acompañar a atender al paciente Gonzalo?

—Sí, claro y supongo que antes vigilaremos a la mujer del parque —dijo Alicia.

El Dr. la miró con gracia y no respondió.

Mariel observó al frente y vio que Leticia la esperaba frente a su portón. Tomás se mostraba ansioso por bajar y ella lo tranquilizó.

Intentó abonar más de lo que marcaba el letrero, pero el señor taxista se negó a aceptar, dijo que le diera sólo lo que correspondía, Mariel sonrió impresionada por su amabilidad. Al acercarse a Leti, la abrazó con fuerza

—Gracias por haber aceptado ayudarme, nunca olvidaré esto —dijo apenada.

—Y así debe ser amiga, todo estará bien. Sé que debes pensar que ahora estarás sola, y sientes miedo. Pienso que te han enseñado a no confiar en nadie, pero escúchame bien, no todas las personas son una porquería, conocerás gente buena, tendrás amigas y yo estaré celosa.

—Las chicas como tu generalmente son populares y queridas por todos, porque son bonitas —expresó Leticia y luego siguió.

—Ahora todo se encaminará en tu vida, porque ya no tendrás alguien que te diga que puedes hacer, y que no. Vamos adentro y dime que es lo que piensas hacer — terminó ella.

Por primera vez Mariel, se sintió libre de decir lo que quisiera, y le contó todo a Leticia, al menos los últimos sucesos.

—Mariel; siento una gran impotencia, soy buenísima para intuir, yo sabía que algo muy malo te ocurría en esa casa con esa mujer.

—Tú puedes denunciarlos, ¿sabes? Al tal Édison ese, por intento de violación, y la vieja por maltratos de diversas categorías.
— ¿Porque no llamas a Alejandro? Amiga, él puede ayudarte, ese hombre está enamorado.
—No puedo hacer eso después de todo lo que pasó —dijo Mariel.
— ¡Oye!, llamaré al jefe y le diré que no podré ir estos días, en realidad no sé si volveré, mi madre me buscará ahí y no quiero escándalos —anunció Mariel.
—Te diría que la denuncies, y consigas que un juez le dé una orden de alejamiento, pero sé que piensas que es tu madre, y eso es mayor que cualquier cosa, no puedes hacerle eso.
—Puedes quedarte aquí el tiempo que quieras.
—Me sentía bastante sola después de todo, ahora tendré una hermana y un perro, ¿qué más puedo pedir? —declaró ella.
Mariel la miró con los ojos brillosos, tenía una gran amiga, ahora lo sabía y sentía ganas de decirle que nunca antes había tenido una, pero se vería bastante raro y cursi quizá, entonces sólo le habló de otra cosa.
—Leti, y tú. ¿Por qué no haces nada divertido nunca? Desde que te conozco no has salido con ningún chico.
—Debes tener tela de arañas ya en tus zonas bajas, por falta de uso.
— ¡Oye! ¡Qué estúpida eres! —dijo Leticia sonriendo.
—Pero a decir verdad amiga, ¿quién querría salir conmigo? ¡Ah! Estoy muy gorda, entonces no pierdo tiempo buscando a nadie.
—Creo que me han humillado suficiente, la gente es muy desubicada, me juzgan; o hacen comentarios como:
— ¡Dios mío que gorda estas! ¿Comes demasiado o qué?
—Y no se dan cuenta que justo estaba haciendo la dieta, lo estaba intentando.
—El problema es que no puedo bajar de peso, porque tengo hipotiroidismo que me ocasiona un gran desorden hormonal, hinchándome el cuerpo, incluso mi rostro, y sufro una gran inseguridad por ello.
—Nunca quise hablar de esto, porque no quería que sientas pena por mí —explicó Leticia.

El color de sus ojos

—Leti, he notado que te cohíbes, usas ropas holgadas, pero mírame a los ojos y escúchame, yo jamás te mentiría. ¿De acuerdo?

—Tú eres realmente hermosa, me encanta el color de tu piel, eres una morena de piel acanelada, como una chica del caribe.

— ¿Has visto a esa mujeres? —le preguntó, en fin tú eres hermosa, envidio tus ojos hinchaditos, tienes un rostro muy bonito y ¿tu cabello? ¡Quisiera robártelo mientras duermes!, posees demasiada belleza en tu cuerpo, debes quitarte esa inseguridad.

—Parece una costumbre malvada de la gente, hacer comentarios inútiles en vez, de motivarte positivamente.

—No escuches a esas personas, escúchame a mí.

—No estas gorda, estas un poco rellenita, y así estás perfecta.

—Hay hombres que les atrae mucho más una mujer carnosa que una delgadita. Un día ese caballero llegará a ti —aseguró Mariel.

—Gracias por tus palabras —dijo Leticia.

—Debo viajar hoy a Encarnación, hablaré con mi abuelo, estoy segura que él me dirá todo lo que deseo saber.

—Su hija Carmen vive con él, ella es mi tía.

—A veces pienso que olvidé un trozo de vida, ¿sabes? Tengo éstos sueños extraños, los he tenido siempre y es como si fueran parte de mí.

—Cuéntame exactamente lo que sueñas —le dijo Leticia.

Y Mariel le describió cada detalle de sus sueños.

—Pues, me ha dado escalos fríos.

—Nunca he escuchado algo igual, pero escucha tengo una prima que quedó huérfana de niña.

—Sus padres fallecieron en un accidente de tránsito.

—Ella era de Pedro Juan caballero, al quedarse sola vino a Asunción y creció con su abuela paterna, y siempre soñaba con víboras desde pequeña.

—Pasó el tiempo y eso llegó a ser un problema, porque tenía fobia hasta el punto de no querer dormir a veces, porque pensaba que volvería de nuevo el mismo sueño.

—Entonces hace unos meses atrás, encontró en internet un doctor.

—Él es psiquiatra y realiza secciones de terapia e hipnosis, dice que te hace entrar en una especie de sueño y puedes volver al pasado, recordar; o averiguar qué es exactamente eso que desconoces de ti

—Mi prima viajó a la ciudad de Encarnación, para encontrarse con el doctor. Luego volvió y dijo que ahora entendía lo que le había sucedido, logró recordar.

—Comentó que se encontraba en un lugar de muchos árboles, estaba sentada en la tierra jugando con una muñeca y se quedó dormida. En su sueño sentía que algo le rozaba el cuello, al parecer le faltaba el aire.

—Entonces despertó y lo primero que vio, fue la cara de una gran víbora de colores frente a sus ojos.

—Gritó y ésta le puso su veneno en el brazo, y luego escuchó a su madre.

—Se sintió mareada, y no entendió el tiempo que pasaba, solo oía a los adultos hablar a su alrededor, y luego el pinchón de una inyección.

—Ahora sabía que es lo que había pasado, pero el Dr. hizo algo increíble en ella.

—No sé cómo lo logró, ni qué fue aquello que realizó, pero aquel suceso, fue bloqueado; o borrado de sus miedos.

—Desde ese día, no volvió a tener esos sueños.

—¡Espera! Entraré en su página de Facebook, justo ahora, hay muchas anécdotas de hecho, de personas que han ido con el Dr.

—Aquí está, escucha:

—«Doctor Benjamín Bojanich especialista neuropsiquiatra, conocido como el Psiquiatra del sueño» desde hace quince años se dedica a la hipnoterapia, en su consultorio particular en Encarnación, AV. Bernandino Caballero Melgarejo, tratando específicamente enfermedades sicosomáticas como depresión y trastornos diversos.

—Debo ir a ver a ese doctor —dijo Mariel.

—Pues aquí está su número y ¡que coincidencia chica! Tú iras justo para allá.

—Llámalo y solicita un turno —planteó Leticia.

Mariel llamó desde su teléfono celular a aquel doctor que tal vez, sería de gran ayuda en su vida.

—Dr. Benjamín tiene usted una llamada.

—Doctor; disculpe. ¿Me escucha?
— ¿Qué?...
—Le decía que tiene una llamada. ¿Va a contestar?
—Es una señorita de la capital, dice que vio el anuncio y desea hablar con usted.
—Está bien, pásame el teléfono.
—Hola —soy el Dr. Benjamín. ¿Con quién tengo el gusto?
—Doctor —me llamo Mariel Sagarra.
—Tengo interés en quitar un turno con usted.
—Debió hacerlo con la secretaria —contestó el Dr.
—Entiendo que usted realiza hipnoterapia, quería hablar directamente con usted.
— ¿Será que podrá realizarme una hipnosis? —preguntó Mariel.
— ¿Por qué cree que debe hacerse una?
—Yo deseo recordar, siento que he olvidado algo importante.
—No sé quién soy, ni de dónde vengo, sospecho que he sido adoptada —dijo ella con la voz entre cortada.
— ¿Cuántos años tiene? —preguntó el doctor.
—Tengo veinte cinco años. ¿Me podrá atender?
— ¿Hola? ¿Sigue ahí? —dijo Mariel y se quedó en silencio escuchando el sonido de la respiración del Dr. atreves del teléfono unos segundos.
—La espero mañana a las diez, no falte señorita Mariel —dijo el Dr. y colgó.
—Bien, mañana será el día, pensó ella
—Me atenderá es un hecho y amiga, ¿tendrás alguna ropa que puedas prestarme? —le preguntó Mariel.
—Ya te iba preguntar yo si te irías vestida así.
—Bueno, creo que te quedarán grande, pero tengo algunos vestidos que me quedan ajustado, con un cinto en la cintura se te verán mejor.
—Debemos apresurarnos porque debo ir a trabajar —alegó Leticia.
—No he traído nada para Tomás —dijo Mariel preocupada.
—Tú, no te preocupes por él, yo me encargaré.
—Mira, éstos son los vestidos que te dije, toma lo que quieras, si necesitas una mochila, o bolso, lo que desees.
—Mientras tú te cambias, bajaré a comprar comida del almacén para Tomás —comunicó Leticia y salió apresurada.

Mariel se cambió de prisa, y pronto estaba lista para emprender aquel viaje.

—Amiguito, volveré pronto, debes estar asustado, yo también lo estoy, pero aquí estarás bien, lo importante es que estaremos juntos, solo espérame —expresó Mariel.

—Bueno, está lista su comida y agua, llámame a cualquier hora.

—Avísame cuando llegues y toma éste dinero por si te haga falta —le dijo Leticia.

—No, no puedo aceptarlo —respondió ella con los ojos sorprendidos.

—Claro que lo harás, y ya vete antes que me ponga a llorar— anunció Leticia haciendo una mueca.

—¡Nos vemos! —declaró Mariel.

—Señorita Alicia, mañana vendrá a las diez la chica de Asunción, hágale una ficha cuando llegue.

—Dr. tenemos otra paciente para las 10:30 en realidad no había lugar para mañana.

—Tendrá que esperar, atenderé a la señorita como le dije— declaró el doctor.

—Bueno, entonces la registraré. ¿Le dijo su nombre?

—Mariel Sagarra, mañana tómele sus datos completos.

—Bueno —dijo Alicia y volvió a la recepción.

Alejandro salía de los tribunales, cuando su teléfono celular vibró.

—¿Señor Ricardo?

—Dr. Alejandro disculpe, llegué de viaje ayer y hoy a primera hora, he conseguido la información que me solicitó.

—No se preocupe dígame —dijo Alejandro.

—Confirmado que los datos de la mujer que me envió son falsos.

—En los registros no existe ninguna Mariel Sagarra con los datos que me pasó.

—Sin embargo sí consta el acta de nacimiento, mismo nombre, hija de Elena Moreno y Julio Sagarra, nacida el 22 de mayo de 1991 tendría hoy día 31 años de edad.

—Dijo usted, ¿tendría? —interrogó Alejandro.

—Sí, Dr. puesto, que falleció a los tres meses de nacida en su domicilio en Encarnación San Isidro.

—Lo he investigado, ocurrió el 12 de agosto del 91.
—El forense declaró que fue una muerte por asfixia provocada. Elena, madre de la menor, fue detenida, y acusada de homicidio doloso. Su abogado alegó que era legalmente inimputable, ya que padecía de esquizofrenia y depresión posparto.
—En el juicio, el juez Juan Carlos Argúas determinó que debía ser internada en el Hospital Neuro –psiquiátrico, donde fue ingresada el 19 de diciembre del corriente año.
—Con influencia y contactos, fue dada de alta en marzo del 96, donde salió en libertad y bajo tratamiento médico.
—No encontré en su historial que haya tenido otro embarazo —comunicaba el señor y Alejandro se quedó quieto bajo un árbol, escuchando aquello. En su mente yacía la gran pregunta. ¿Quién es Mariel? La chica con quien estuvo saliendo.
—Escúcheme Dr. Alejandro, dígale a su amiga que debe ir a Dactiloscopia en el Departamento de Informática de la Policía Nacional, para que le tomen una muestra de sus huellas digitales, y si esa joven está bajo la influencia de Elena, podría estar en peligro en mi opinión, cualquier cosa póngase en contacto conmigo, le ayudaré en lo que necesite —dijo el señor.
—Muchas gracias señor por la información —expresó Alejandro y colgó.
— ¡Santo cielo! —siguió él y llamó de inmediato a Mariel, quién viajaba rumbo a la Ciudad de Encarnación. Era cerca de medio día, y le quedaba poco tiempo para llegar.
Mariel había apagado su celular, para no recibir llamadas de su madre.
— ¡Mierda! Está apagado su celular. ¡Pero qué demonios!
— ¿Qué hago? Iré a su trabajo directamente, pensó. Luego subió a su coche y fue directo al Bar Café, en busca de Mariel.

Capítulo seis
EL VIAJE

Alejandro llegó al bar y caminó apresurado en dirección a la caja registradora, donde Mariel se instalaba, pero en su lugar encontró a un hombre haciendo el trabajo.

—Hola, disculpa, estoy buscando a Mariel, ¿se encuentra? —le preguntó.

—Ella no vino hoy — creo que ya no trabajará aquí — respondió el hombre.

— ¿Qué…?

— ¿Alejandro? ¿Cómo estás? Soy Leticia, amiga de Mariel.

—Leticia, ¡qué bueno encontrarte! Estoy buscando a Mariel, tengo algo muy importante que decirle, la he llamado, pero su celular está apagado, tendré que ir a su casa —confesó el.

— ¡No, no vayas! Ella tampoco está allí.

— ¿Dónde está entonces?

—Debes decírmelo, solo quiero ayudarla –aseguró Alejandro.

—Mariel tuvo unos problemas en su casa, y se ha escapado, ahora debe estar llegando a Encarnación, donde se encontrará con sus familiares, su abuelo y su tía —comunicó Leticia.

— ¡Dios! ¡No puede ser!

— ¿Qué ocurre? Me asustas —siguió Leticia.

—Leticia, si eres su amiga y si quieres ayudarla, cuéntame todo lo que sabes. Soy abogado, sabré que hacer.

—Mira, hace una semana atrás me tomé el atrevimiento de pedirle a un amigo que trabaja con la policía, que investigara los datos de Mariel.

—Me llamó hace un momento y me ha confirmado que sus documentos de identidad fueron falsificados.

—Al parecer sus padres, sustituyeron a su hija muerta que originalmente era Mariel por la que conocemos, pero me pregunto de dónde la han quitado a ésta.

—Estoy completamente asombrada, eso tiene mucho sentido, ahora lo entiendo, Elena nunca ha querido a Mariel, pues no es su hija —comentó Leticia.

—Elena no quiere a nadie, mató a su propia hija hace más de 30 años, es una criminal que debería estar en prisión.

—Las personas como ellas son manipuladoras, y mentirosas compulsivas, se hacen de las enfermas para cometer justamente más delitos.

—Estoy seguro que ella obligaba a Mariel a estar conmigo.

—Creo que sencillamente ella vendía a esa chica, y yo he sido parte de ello, te lo juro no puedo quitarme de la cabeza, aquel día que se sinceró conmigo, y me dijo que no me quería.

—Usó la palabra obligación, y me rompió el corazón, pero no fue que ella no me quisiera y haya estado mintiendo, sino que sentí que yo también le había fallado.

—Debí darme cuenta, y ayudarla, no ser parte del daño que le hacían.

—Alejandro, no fue tú culpa, ¿cómo saber que algo así estaba pasando?

—Yo sospechaba que algo estaba mal, a veces venía con algún moretón, un rasguño; o me ignoraba completamente, sólo se apartaba.

—Tenía la mirada siempre triste, y me contaba las cosas a medias, pero yo siempre le aconsejaba y gracias a Dios abrió los ojos después de lo último que pasó.

—Entendió al fin que su madre no la quería —comentó Leticia.

—¿Y qué fue lo que pasó? —interrogó Alejandro intrigado.

—No Alejandro, no quiero darte más preocupaciones —dijo ella.

—Por favor Leticia, ¡dímelo!, necesito saber lo que pasaba en esa casa, te juro que sea lo que sea, no molestaré a Mariel.

Leticia observó a su alrededor y no había nadie cerca, entonces le contó lo que Elena le había hecho a Mariel la noche anterior.

Al escuchar aquello Alejandro, se sentó en una silla contemplando la ira en sus manos, recostó el mentón sobre su puño y pensó en lo que debió ser aquel suceso.

—¡Tranquilízate Alejandro! Piensa, ya todo eso terminó, Mariel no volverá allí, ahora estará bien.

El color de sus ojos

—Iré allá y le romperé la cara a ese tipo ahora mismo —expresó Alejandro con los ojos brillosos.

—No señor, tu no harás tal cosa, entiende; no puedes hacer eso, mancharte de esa manera sería rebajarte a su nivel de ese hombre usando la fuerza y la violencia.

—Reconozco que lo merece, pero déjalo – el tendrá su merecido tarde o temprano y Elena también.

—Sabes, ella me llamará en cualquier momento, y yo le informaré lo que me has contado, déjame tu número de teléfono, yo te mantendré al tanto —aseguró ella.

—Está bien Leticia, por favor avísame cuando hayas hablado con ella —le dijo Alejandro y salió del Bar furibundo, imaginado en su mente lo que Mariel había pasado. Subió a su vehículo cerró sus ojos, luego decidió ir a su departamento e intentar trabajar desde ahí.

En la terminal de autobús de la Ciudad de Encarnación, Mariel se bajaba del bus, se sentó en una banca, y encendió su celular para llamar a Leticia y a su abuelo.

—Hola amiga, ya llegue a la terminal, estoy bien – llamaré a mi abuelo, le pediré su dirección y me iré en taxi hasta ahí.

— ¡Qué bueno escucharte Mariel! Estaba muy preocupada por ti, escúchame debo contarte algo importante: Alejandro estuvo aquí hace rato, estaba buscándote.

— ¿Qué? ¿Por qué? —preguntó Mariel y Leticia le pasó la información exacta que Alejandro le había dado.

— ¡Vaya! Yo no sé qué decir, en el fondo siempre supe que mi madre no era una buena persona, y que era capaz de hacer cualquier cosa.

—Mariel; probablemente esa mujer no sea tu madre, y aunque lo fuera, una mamá no hace lo que ella te ha hecho —expresó Leticia.

Mariel suspiró cerrando sus ojos, tratando de asimilar las cosas.

—Bueno, cuando regrese iré al lugar ése de la policía para lo de mis huellas dactilares. Seguramente se sentían culpables por lo de mi hermana por eso me pusieron el mismo nombre, yo no conozco a nadie más, no puedo dar por hecho que me hayan adoptado.

—Está bien Mariel yo iré contigo a ese lugar amiga si me dejas —interrumpió Leticia.

—Claro que sí, me encantaría que me acompañes, estaré muerta del miedo.

—Bueno te llamaré de vuelta cuando esté en la casa de mi abuelo —dijo Mariel.

Cuando colgó, en la parte de arriba de la pantalla de teléfono, llegaban incontables mensajes y avisos de llamada perdidas de un número privado, desde la línea baja de su casa, y algún otro número, pero ignoró eso.

Buscó el contacto de su abuelo, y le marcó con miedo, imaginando que tal vez, ése ya no era su número; o que nadie la atendería y entonces estaría sola en esa ciudad desconocida.

— ¿Hola? —dijo la voz de una mujer y de inmediato se sintió aliviada.

— ¿Es usted la tía Carmen?

— ¡Ah! Si, ¿quién habla?

—Soy Mariel.

— ¡Hola querida! ¡Vaya que sorpresa! Hace mucho que no llamabas —alegó la mujer.

—Lo sé tía, estoy en la terminal, he venido a visitarlos.

— ¿Me puedes decir la dirección de tu casa? Para darle al taxista que me llevará.

— ¡Pero qué buena noticia!, pero quédate ahí mismo, iré yo misma a recogerte, estamos cerca en verdad – llegaré en seguida —aseguró Carmen.

Mariel volvió a apagar su celular, y esperó mientras observaba a cuantas personas que llegaban, y otras se marchaban.

Al rato vio entrar a una mujer morena de cabello negro hasta el hombro, tenía una llave en la mano, se levantó de prisa y la observó acercarse.

—Hola, ¿eres tú Mariel? —interrogó la señora.

— Eh!, si —contestó ella tímida.

—¡Santo Cielo cómo has crecido!, y eres tan bonita, ven aquí —dijo la mujer y la abrazó mientras Mariel se quedó quieta.

— ¡Vamos! Por allá he dejado mi camioneta.

—Cuéntame, ¿cómo fue para que vengas? Digo, Elena no habla con nosotros, esa relación ha terminado de ambas partes hace muchos años.

—Yo deseo conocerlos, tía —dijo Mariel.

El color de sus ojos

—Me encanta la idea, tu abuelo estará feliz cuando te vea, el pobre anda enfermo —dicen que la edad no llega sola y es verdad —comentó Carmen.

— ¿Y tu hermana menor, vive cerca de aquí también? —preguntó Mariel.

—Sí, su casa no está lejos, la llamaré más tarde, y seguro vendrá a verte.

—Sabes, ésta noche haré unos guisados de pollo especial para ti —dijo la mujer sonriente.

Mariel estaba extrañada por la amabilidad de la hermana de su madre, la había abrazado y en cambio Elena nunca lo había hecho, y tenía una sonrisa tan especial.

Ella era habladora y graciosa, en el camino iba enseñándole algunos lugares turísticos e interesantes y pronto dejó de sentir miedo de ella.

—Es aquí Mariel, puedes bajarte. — ¡Entra!, te presentaré al abuelo.

Mariel observó detalladamente la casa, tenían tres perros que salieron a recibirla, y eso ayudó a que entrara en confianza. Frente a la televisión estaba un viejito sentado en un sillón.

— ¡Papá! Mira quien vino a visitarnos —anuncio Carmen con gracia

— ¿Quién es ésta joven tan linda? —preguntó el.

—Soy Mariel abuelo, hija de Elena — he venido a conocerte.

—Acércate, ¡vaya! Eres ahora una señorita, la última vez que te vi tenías unos cinco años como máximo.

—Esa fue la primera vez que te vi y dije:

— Ésta es la niña más bonita que vieron mis ojos, eras sólo una pequeña asustadiza.

—Abuelo, y tía Carmen, voy a ser sincera con ustedes.

—Yo quiero saber a cerca de mí misma y de mi madre, hay cosas que he olvidado, otras que no entiendo —confesó Mariel y al escuchar eso se vio observada por los dos al tiempo, luego habló el.

—Querida niña, nosotros te diremos todo lo que tú desees, siéntate aquí a mi lado.

— ¿Tienes hambre? ¿Quieres que te traiga algo mientras hablas con mi padre? —preguntó Carmen.

—No tía, aunque si quisiera agua por favor —dijo Mariel, pero en verdad si tenía mucha hambre, pero esa ansiedad que la consumía era casi un problema que solo deseaba escuchar al señor.

—Bueno, para empezar debo confesarte que siempre nos hemos preocupado por ti, sabíamos bien que Elena no es apta para ser madre, así que cuando te adoptó, nos opusimos rotunamente.

—Disculpe. ¿Dijo usted adoptó? —interrumpió Mariel.

—Claro hija, Elena no es tu madre, pensé que lo sabías. ¿No recuerdas a tú madre biológica? —le preguntó el.

Mariel lo miró detenidamente mientras trató de volver el tiempo atrás en su mente, intentando recordar los hechos en su vida.

Estaba en su cama y Elena justo frente a ella, sentada en una silla, recordaba algunas clases con aquel maestro particular. Las discusiones de Elena y su padre, su mente la llevó a diferentes capítulos, pero no había nada más, comenzó a sentir la misma sensación del taxi cuando huía con Tomás.

—Aquí tienes el agua querida —añadió la mujer sentándose a un costado.

—Bueno no sabemos mucho a cerca de tu familia, Elena dijo que tu madre te había entregado, porque no podía cuidarte, ya que era de muy escasos recursos.

—Te había dado a luz en su propia casa y se mudaba constantemente, no contaba con ningún documento tuyo.

—Sólo te vimos una vez, y apenas, Elena no quería que nos acercáramos a ti.

—Actuaba como una loca, nos discutimos y pronto se marcharon de aquí a la ciudad de Asunción, nunca más te pudimos ver.

—No queríamos problemas, pero siempre hablábamos con Julio, el marido de ella.

—Le he dicho incontables veces que ella no podría cuidar de ti, que era un peligro.

—Ella mató a su bebé, tenía tú mismo nombre de hecho, era tan pequeña e indefensa, pero déjame decirte una cosa.

—En el juicio la declararon a cierta manera inocente, porque dijeron que lo hizo en un estado mental donde no actuó cuerda, ¿entiendes?, pero yo soy su padre y se la verdad.

—Lo que los médicos llaman esquizofrenia u otras demencias, yo lo llamo grado de maldad. Tal vez en algunas personas realmente sea certero, pero no en Elena.

—Desde que era muy pequeña, comprendí que era diferente a sus hermanas, una niña problemática.

—Recuerdo que íbamos a la iglesia los domingos, tenía como cinco años de edad, de pronto comenzó a reír a carcajadas mientras el padre daba su sermón.

—Todos se volteaban a mirarnos, mi esposa la quitaba afuera y hablaba con ella, pero cuando intentabas dialogar con ella lo tomaba como un castigo.

—Comenzaba a gritar y te golpeaba.

—La llevamos a diferentes médicos, y le hicieron varios estudios pero no le encontraron nada.

—Un día comencé a encontrar insectos muertos en todas partes, seguí un caminero repleto en el jardín y entonces la vi.

—Lo recuerdo muy bien, estaba sentada en el suelo, me acerqué a ella, tenía en la mano un cuchillo, y estaba cortando a un pájaro, vi la sonrisa en su rostro y lo entendí.

—Esa niña traía la oscuridad consigo, la castigué ese día, pero fue inútil, ella siguió haciéndolo.

—Luego la llevamos a la escuela, y fue tal como yo pensé. Nos enviaban notas a menudo, por lo mal que se portaba. Asustaba a sus compañeros, entre otras cosas.

—Era como si alguien adulto viviera en ella, era astuta e Inteligente.

—Su madre la amaba y creía ciegamente en ella, vivía tratando de tapar sus fallas, pero un día hizo algo más grande, mi hija, la menor estaba con fiebre, la tuvimos que llevar al doctor.

—Entonces se quedaron solas Carmen y ella en la casa.

—Yo solo dejaría a mi mujer en el hospital con la niña y me regresaría de inmediato.

—Cuando estaba llegando pude observar a Carmen llorando en la entrada presionando su brazo.

—Me bajé de prisa del auto, y me llevé el susto de mi vida.

—Elena la empujó de lo alto de un tobogán que teníamos en el jardín, y se había quebrado el brazo.

—La subí a la camioneta de prisa y entre a la casa a buscar a Elena, no la encontraba y me volví loco.

—Imagínate, solo me quedaba buscar en los placares y allí estaba en la oscuridad quieta, le hablé y no me contestó.

—Estaba tan enojado con ella, entonces la deje ahí, salí de vuelta, tranqué las ventanas y llaveé la puerta y me fui al hospital.

—Mi esposa en llanto dijo que debió ser un accidente, y que regresara con ella, que seguramente debía estar sola y asustada, pero yo sabía que no era así.

—Regresé a la casa, fui a verla y seguía dentro del ropero.

—Me senté, justo en este sillón, y busque en la guía el teléfono de un colegio internado, donde la tendrían vigilada y no sería más un peligro para mis hijas.

—Mi esposa no me lo perdonó, pero era lo mejor en ese momento.

—Le dije que no podría seguir con nosotros porque se portaba muy mal, y no quería que lastime a nadie.

—Me abrazó e intentó convencerme de que sería ahora una buena niña, pero todo estaba listo, la llevaría al día el siguiente

–Esa noche mientras dormíamos, yo creo que ella se levantó y como venganza hacia mí, mató a mi perro.

—Le dio un filete de carne de la heladera con veneno para rata, dime – ¿Cómo pudo saber que eso sería letal?

—No pudo hacerlo ella sola. ¿No? Pero lo hizo.

—Era mi perro adorado y me lo mató —le dije a mi mujer:

— ¿Eso quieres que le ocurra a una de tus otras dos hijas?

—No respondió solo lloró y se alejó.

—La dejé en el aquel lugar, y eso me convirtió en el peor padre del mundo. Solía buscarla en las vacaciones siempre esperando ver en ella un cambio, pero siempre volvía siendo la misma.

—Con el tiempo en su ausencia parecían que los problemas habían acabado.

—Pronto se hizo mujer, venía ella sola a visitarnos.

—Carmen tuvo su primer hijo; Edison.

— ¿Edison es tu hijo tía? —interrumpió Mariel.

—Sí. ¿Lo has visto? — ¿Está con Elena no es así? —preguntó Carmen.
—Sí, está allí —dijo ella asombrada.
—Pues ya llegaré a eso —siguió el abuelo.
—Con el correr de los años nos dimos cuenta que el pequeño Édison tenía el mismo problema que Elena, creció dando problemas a todos.
—Tenía la misma maldad con los animales que Elena, de hecho eran muy similares. De niño tenía una pecera en su habitación, siempre encontrábamos muertos a los peces.
Un día su madre lo descubrió haciendo cosas muy indebidas con ellos, le dijo que era un monstruo y el entró en crisis.
—Cuando Elena se mudó a una casa de alquiler aquí, muchos decían que se prostituía, pero nunca nos metimos.
—La muy sinvergüenza se hizo muy amiga de Edison que en ese entonces era un muchacho.
—Siempre andaban juntos, aun después de que ella se casara con Julio, pero Édison se hizo hombre, entró a prisión varias veces y al marido de ella no le gusto más su presencia en su casa.
—Se mudaron a Asunción y ella no volvió a dirigirnos la palabra. Sin embargo, siempre venía de visita, pero no aquí, sino en la casita del Bosque a unos kilómetros de aquí, ahí vivía Édison.
—Un día quise saber qué es lo que pasaba entre esos dos.
—Me subí a la camioneta, y fui directo a la cabaña esa, y ahí estaban los dos haciendo sus cochinadas.
— ¿Entonces siempre fueron amantes? Y cada vez que venía aquí se encontraba con él —dijo Mariel pasmada.
—Así es querida, me da vergüenza decirlo, pero es así— aseguró Carmen con tristeza en los ojos.
Mariel sintió un espasmo en el estómago, acompañado con un desagrado casi insoportable.
—Tengo que ir al baño —declaró y puso una mano en su boca.
— ¡Claro querida! Acompáñame te llevaré al sanitario —le dijo Carmen.

Apenas entró Mariel devolvió el agua que había bebido. Sentía en su estómago un remolino de malestar, su frente sudaba helado, cerró sus ojos pensando en todo lo que le había dicho aquel señor.

— ¿Quién era su madre? ¿Y a dónde estaba justo ahora? Intentó imaginar su rostro, su pelo, derramó una lágrima deseando conocerla, escuchar de su propia boca, la razón de entregarla.

En unos segundos Carmen llamó a la puerta mientras Mariel se enjuagaba el rostro.

—Querida, ¿estás bien? —le preguntó.

—Sí... ya salgo tía —dijo Mariel abriendo la puerta.

—Pero ¿qué ocurre niña? ¿Te ha hecho mal el viaje? —le preguntó.

—Tal vez, no he comido desde la mañana, debí debilitarme —respondió Mariel.

—¡Dios mío! Ve a sentarte junto a tu abuelo, te prepararé algo de inmediato.

Mariel regresó a sentarse junto al señor.

—Por favor abuelo, sigue contándome —le dijo.

—Está bien, ése día que vi a Elena ahí dije:

—Esa no puede ser hija mía.

—Su madre falleció hace años, y hasta el último momento esperó verla, que la visitara, pero ella no vino. Así son los hijos sabes.

—Si tienes suerte te vendrán exactamente como los deseabas, serán lo que tú hagas de ellos, y un día sentirás que lo has logrado.

—Has conseguido hacerlos personas de bien, pero luego están los hijos como Elena y Édison, que parecen ser un castigo, una lección que te hace pensar:

— ¿Qué fue lo que habré hecho? Para haber tenido un ser que pueda herirme tanto.

—Nunca me animé a decirle a Julio lo que ocurría entre su esposa y Édison, me daba pena y me avergonzaba terriblemente.

—Ese hombre la quería tanto.

—En el velorio de la pequeña, recuerdo que fueron sus hermanos y su madre.

—Escuché que la señora le dio a elegir entre ella y Elena.

—Le dijo que si seguía ayudándola se olvidara de ella, que se quedaría solo y ella con el corazón roto, pero Julio estaba enamorado.

—Cómo te había dicho, mi hija Elena es muy astuta, es capaz de enloquecer a cualquiera, y el pobre no se separó de ella sino que siguió allí como un perro fiel.

—Siempre iba a verla en el hospital donde estaba internada, luego consiguió que la liberaran, y en cierto tiempo llegaste tú, y se mudaron de aquí.

—Tú, debes salir de esa mujer, y buscar tus propios horizontes niña.

—Gracias abuelo —expresó Mariel con aires de tristeza.

Después de comer algo salió al corredor a tomar aire.

—Ahí tienes una hamaca, puedes acostarte; o si quieres te llevaré al cuarto donde puedes descansar —le dijo Carmen.

—Me recostaré en la hamaca y llamaré a mi amiga —declaró Mariel.

—Está bien querida, estaré adentro, entra cuando quieras —dijo la mujer

Mariel se comunicó con su amiga y le contó lo que había averiguado. Fue inevitable entrar en un cuadro de llanto donde la invadía la nostalgia y la soledad, pensaba que su madre biológica la había dejado simplemente porque tampoco fue capaz de amarla.

Leticia como siempre trató de calmarla y cuando terminaron la llamada, en secreto llamó a Alejandro que esperaba con ansias noticias de Mariel..

—¡Vaya!, eso es increíble, yo no me creo la historia de Elena, que una mujer pobre le entrego su hija por su propia voluntad.

—Si tan solo tuviera un nombre, podría mover mis contactos pero no, solo nos toca esperar hasta que vaya a quitar sus huellas.

—Creo que mañana vendrá y sabremos —respondió Leticia.

—Gracias por haberme llamado —alegó Alejandro.

Capítulo siete
LA CAJA

La noche caía y Alejandro observaba desde su balcón la luz de la ciudad, contemplando la soledad y volviendo el tiempo atrás — ¿Será que se rindió muy rápido en su relación? — ¿Será que pudo haber hecho algo más? — ¿Acaso fue suficiente? Bueno ya nunca lo sabría, pensaba.

Horas más tarde lejos de allí, cuando la cena terminó y su tía se marchó, Mariel había encontrado al fin el sueño.

En la mañana Mariel salió a dar unas vueltas alrededor de la casa. Se sentó en una banca en la ciclovía, y pasó el tiempo allí viendo a los autos pasar, pensando aun en todo lo que le había dicho el abuelo. Luego se levantó y regresó.

— ¡Mariel! Qué bueno que ya regresaste, sabes me llamó mi hijo a preguntar si habías venido aquí —dijo Carmen.

— ¿Qué le has dicho? —interrogó Mariel con atención.

—Le dije que sí, pero que no te encontrabas, y me colgó.

— ¡Ah!, está bien, yo haré unas cosas, y luego me regresaré a Asunción.

—Tía, por favor si vuelve a llamar dile que yo ya no estoy en la ciudad. ¿Y me harías un favor? —preguntó Mariel.

— ¡Por supuesto querida! ¿Qué necesitas? —dijo Carmen.

— ¿Me podrías indicar como llegar a la casa donde vivía Édison?

—Solo deseo conocerla y luego me iré, quisiera ir yo sola más tarde, si no te molesta —añadió Mariel.

—No hay problema, te anotaré en un papel la dirección, deseo que te vaya bien ¿sabes?

—Sé que estas huyendo de Elena, no me lo has dicho, pero lo sé, hazme saber de ti, cuando tengas un tiempo, llámanos —indicó Carmen.

Mariel la abrazó, se despidió de los dos, subió a un taxi y se dirigió al consultorio de Dr. Benjamín.

—Bueno, ahora que sabemos cuál es el problema, lo trataremos.

—Tómelo de esta forma, usted tiene una herida que no ha cicatrizado, y ha intentado llevar su vida normalmente, pero las cosas no le han ido bien, es a causa de esto.

—Debemos hacer que ya no sea una herida abierta, sino una cicatriz bien curada, que usted la vea, y ni se acuerde, que aprenda a vivir con ella.

—Intente hacer todos los días, el ejercicio de relajamiento que practicamos, y lo veré la próxima semana.

—Muchas gracias Doctor —dijo el hombre y se marchó.

—Dr. Benjamín, la señorita Mariel Sagarra ha llegado —comunicó Alicia.

—Bien, dígale que pase —dijo el Dr. mientras escribía con gran velocidad en su cuaderno.

— ¿Hola? Permiso…

El Dr. soltó su bolígrafo y miró a Mariel, se puso de pie y la observó asombrado.

— ¿Cómo esta Dr.? Soy Mariel, he hablado con usted el día de ayer.

—La recuerdo. ¡Ah! Pase por favor —le dijo el Dr. tartamudeando las sílabas.

— ¿Está usted bien? —preguntó Mariel.

—No me tome a mal, pero me ha asustado, es usted idéntica a mi esposa cuando tenía su juventud.

— ¡Eh! Bueno, espero que su esposa esté bien.

—He venido a usted porque necesito me ayude, he descubierto que fui adoptada cuando era pequeña.

—Tal vez a los cuatro o cinco años de edad, aquí en Encarnación probablemente y luego me llevaron a Asunción.

—No entiendo cómo es que no recuerdo nada de eso, y ese es el mayor problema, tengo estos sueños repetidos que…

El color de sus ojos

—Señorita Mariel: deme un momento por favor, debo salir a buscar algo, ya vuelvo, lea éstas revistas mientras — la interrumpió el doctor.
— ¡Ah!, está bien —dijo Mariel y observó al Dr. salir.
Alicia estaba viendo sus mensajes en el celular cuando vio al doctor. Caminaba con lentitud y llevaba una mano puesta en el pecho.
—Dr. Benjamín pero… ¿Qué le sucede? ¿Se siente usted mal?
—Páseme agua, Alicia —dijo con la respiración agitada.
Alicia se apresuró en buscar un vaso con agua y se la dio.
— ¡Santo cielo! ¿Está usted bien?, dígame: ¿qué le ha pasado? — insistió Alicia.
Sentado en la banca de espera el Dr. elevó la cabeza y cerró los ojos, tratando de normalizar su respiración.
— ¿Y la paciente? ¿Quiere que le diga que vuelva otro día?
— ¡Nooo! ¡Ni se atrevaaa! —le advirtió él atajando el volumen de su voz.
—Deje el mal genio y… ¡dígame que le sucede! —volvió a insistir Alicia.
—Se lo explicaré todo después, se lo prometo — ahora escúcheme: cancele todas las citas de hoy. No atenderé a nadie, invente una excusa, la que se le ocurra.
—Y escúcheme muy bien Alicia, cuando salga esa chica, no vaya a cobrarle nada, dígale que hoy estamos de aniversario y que los servicios son gratis — le ordenó el doctor.
— ¡Doctor Benjamín!… ¿Se ha vuelto usted loco? —exclamó ella.
— ¡Haga lo que le dije! — ¡Con un demonio Alicia! — ¿Y tiene sus datos, su dirección y número de teléfono? — ¿Dígame que los tiene?
Alicia frunció la frente y lo miró como si éste divagaba totalmente.
—Si los tengo, cálmese doctor Benjamín, no se altere —le dijo ella con la voz suave y calmada.
El Dr. Benjamín tomó una pastilla para su presión, respiró hondo y regresó a la sala donde estaba Mariel. Se sentó y respiró profundo controlándose y disimulando frente a sus ojos.
—Bueno, comencemos:

97

—Soy el doctor Benjamín Bojanich y ha hecho usted bien en venir, estoy aquí para ayudarla.

—Hábleme a cerca de sus sueños señorita Mariel —dijo él y centró su mirada en ella.

—Bueno, el más repetido es aquel donde me encuentro frente a una casa del campo, miro mi mano y una persona la sujeta.

—Estoy frente a una puerta de madera, y siento que no debo entrar, trato de averiguar quién es mi acompañante, y es justo ahí donde siempre despierto —comentó Mariel.

—Entiendo, bueno llegaremos a sus sueños a través de la hipnosis, y sabremos que es aquello a lo que le teme, o lo que está inquietándola.

— ¿Está de Acuerdo? —le preguntó.

—Lo estoy —aseguró Mariel.

—Acuéstese en la camilla entonces, no tema.

—Una hipnosis es inofensiva, no tiene contraindicaciones, ni efectos secundarios.

—Su mente llegará a una capacidad de introspección, lograré ver su condición mental, y una vez en trance me llevará usted misma al centro del problema.

—Bien, ahora relajase, a la cuenta de tres empezará a hacer un ejercicio de respiración — siga mi voz, estaré justo a su lado —declaró el y luego siguió.

Comenzamos — uno, — dos — y tres.

Mariel inhalaba y exhalaba tal como el doctor le indicaba, dejando todas sus preocupaciones y tensiones a un lado.

—En un minuto comenzará la midriasis, se sentirá entumida, siente el frio en sus manos, sus pupilas están dilatadas, se encuentra mareada, con sueño excesivo, siga respirando…

—Relájese, suéltese y cierre sus ojos.

—Ahora tiene más frio, siente los parpados pesados.

—Está en este momento en la cumbre de una alteración de su conciencia.

—Está usted muy cansada, desea dormir.

—Ahora sugestionaré, y usted hará lo que mi voz le indique.

—Empezaré a contar del número siete al cero y viajará a un estado de sueño.

— 7 — 6 — 5 — 4 — 3 — 2 — 1 — 0

El Dr. Benjamín encendió su grabadora, tomó su cuaderno y una lapicera.
—Dígame; señorita Mariel:
—¿A dónde se encuentra usted justo ahora?
Mariel respiro hondo y luego respondió:
—Estoy frente a una casa.
—Descríbala —le ordenó el Dr.
—Parece una vieja cabaña del campo, veo su puerta de madera rasgada, hay tres escalones hasta llegar a ella.
Estaba sin duda en el mismo lugar, Mariel miró sus manos y las vio pequeña, escuchó la voz grave de un hombre a su lado.
Estaba asustada, la puerta se abrió y entraron. El lugar parecía un salón largo y silencioso, había cosas viejas recicladas a los costados y un sillón en el centro.
—¡Quiero a mi mami! Lléveme con mi mamá señor —dijo con la voz quebradiza.
—Te llevaré mañana si te portas bien, prometo que lo haré, pero antes jugaremos tú y yo —dijo el hombre alegre.
—¡Mira lo que he construido para ti! —agregó el.
Mariel observó al frente, era una caja de cristal cargada de agua.
—¿No soy acaso un genio? Es una pecera a tu medida.
—Cuando era un niño no tenía ni un amigo, ¿sabes? Pero tenía en mi cuarto una caja de cristal con unos cuantos peces de colores, eran muy hermosos.
—Yo juagaba con ellos, pero la mayoría de las veces eran débiles y morían, entonces los odiaba, eso me enojaba en verdad y mi madre me compraba nuevos.
—Un día me dijo que yo era un monstruo, y se llevó mi pecera.
—Ahora la he construido yo mismo, y le cargué agua esta mañana —dijo el hombre y sonrió, Mariel estaba absorta y llena de miedo.
—Ahora... quítate la ropa, serás mi pequeño pez.
—¡Debes entrar a tu habitad pequeñín! —alegó el con la voz refinada.
—Quiero ir a mi casa con mi mami. ¡Por favor llévame! —exclamó Mariel y la sonrisa del hombre se apagó en ese momento

Mariel lo miró directamente a la cara y descubrió que se trataba de Édison, lo vio acercarse a ella de prisa y comenzó a gritar.

Édison le quitó la ropa a estirones con furia en el suelo, la alzó mientras ella pataleaba y la rodeo con sus brazos para inmovilizarla. Se acercó a la caja, levantó su tapa de metal y la introdujo con fuerza, luego la cerró, colocó un candado y lo presionó.

En primer plano, Mariel perdió el control dentro de la caja tocando el fondo. En su desesperación buscó la salida manoteando bruscamente el agua, mientras tragaba parte de ella.

En unos segundos logró ponerse de pie, tocía con fuerza, mientras sentía que le ardían las fosas nasales. El agua le llegaba a la altura del pecho, levantó la vista hacia arriba en medio de un llanto desenfrenado y vio la tapa de la caja, era de metal y tenía diseñado unos círculos del tamaño de su mano.

Intentó levantar la tapa, pero estaba trancada, le dolían sus ojos, los cerró con fuerza, los volvió a abrir y observó a través de los cristales.

Entonces lo vio, estaba frente a ella, sentado en un sillón con una gran sonrisa en el rostro, tenía una cámara instantánea en su mano y comenzó a fotografiarla. Las fotos caían al suelo, las recogía, las observaba y luego las guardaba en una caja vieja de metal.

—¡Quítame de aquí! Tengo frío, ¡por favor! —gritó Mariel y luego siguió.

—¡Mami! — ¡Mami! — ¡Mami! —exclamaba en medio del llanto.

—Me has hecho enojar, eres un pequeño pez malvado, así que te quedarás ahí.

—Si te portas bien mañana te llevaré con tus padres —aseguró Édison

Mientras Mariel lloraba vio que el hombre recibió una llamada en su celular, tomó su llave y se marchó.

Ahora estaba sola, llamó a su madre durante horas, parecía ser de noche, pero la luz del foco en las alturas del techo la iluminaba. Pronto le dolía la pansa, sentía más frío y comenzaba a confundirse.

El color de sus ojos

Luego su llanto comenzó a ser débil, sentía tanto sueño y en un momento volvió a encontrarse con aquella quemazón en su nariz, sacó su cabeza al pequeño espacio que tenía para respirar, comprendió que se había quedado dormida y por eso se sumergió, estaba cansada y ese cansancio absorbía sus fuerzas y su entendimiento.

Quitó sus manos por los agujeros y entrecruzó sus dedos con presión y cerró sus ojos, pero en algún momento se cayó de nuevo al fondo, tragando más agua, volvió a ponerse de pie con el cabello chorreando de agua en su cara. Estaba completamente exhausta y mareada, temblaba de frio, su voz se apagaba a cada segundo.

Sin aire de fuerzas, trató de concentrarse en lo que pasaba, no era un sueño, le pasó una mano al cristal empañado y trató de ver al exterior, sus pensamientos regresaban. Se quitó la goma del pelo y lo manipuló sujetando sus manos juntas en la altura, entre dos círculos de agujeros y volvió a dormirse apenas terminó.

En su sueño escuchaba una voz dulce y familiar, podía ver el espacio en el cielo, miles y millares de las estrellas más brillosas y hermosas jamás vistas, estaban tan cerca que casi las podía tocar, quería ver quién le hablaba pero no podía. Abrió los ojos y estaba acostada en el asiento de atrás del auto en marcha de aquel hombre.

El sol le daba justo en la cara casi segándola, intentó levantarse, pero no tenía fuerzas y se durmió otra vez. Cuando despertó ésta vez, se encontraba en una casa, observó el techo, las paredes de la habitación, levantó su cabeza y encontró a Elena frente a su cama mirándola.

— ¿Me lleva con mi mamá por favor? —dijo en voz baja.

— ¡Querida al fin despiertas!, has tenido un sueño, y estás confundida, ayer te golpeaste la cabeza, has dicho puras incoherencias desde entonces

—Tú estás enferma pequeña, pero yo... tu mamá te cuidaré —dijo Elena.

—Usted no es mi mamá, ¡lléveme a mi casa! Me duele el oído demasiado, mi papá me sanará —afirmo Mariel con lágrimas en sus ojos.

—Sabes que... me has ofendido, y me he puesto triste, yo soy tu madre, tu padre vendrá mañana.

—No te daré ningún remedio, sufrirás todo el día de dolor, y no te ayudaré. Dicen que no hay como el dolor de oído para un niño, pronto sentirás que te duele hasta la cara.

—Tengo un jarabe que te curaría al rato, pero no lo mereces porque eres una niña mal agradecida —sostuvo Elena desde su asiento.

—Me duele mucho y tengo hambre —dijo Mariel con la voz débil

—No te daré nada, hasta que aceptes que yo soy tu madre y mañana cuando llegue mi esposo, le debes decir papá, él está ansioso por verte —alegó Elena.

Mariel trató de dormir para aguantar el malestar, cerró sus ojos ante la imagen de Elena, pero era imposible hacerlo, era tan intenso aquel dolor que comenzó a llorar rendida sujetando un cojín en su cara.

—¿Quieres que deje de doler? —insistió Elena sacudiéndola del brazo.

—¡Sí! —respondió Mariel.

—¡Entonces no me ofendas más! — Si me dices de vuelta que tú tienes otra familia; o me hablas siquiera del tema, te castigaré y te haré daño, no quiero, pero debes saber que las malas acciones tienen consecuencias.

—Ahora recuérdalo, tú nombre es Mariel, yo soy tu madre.

—No tienes otra, memorízalo por tu bien.

—Tú me necesitas justo ahora, y sólo yo puedo ayudarte, entonces deberás pedírmelo amablemente «Ayúdame mamá» justo así y yo te ayudaré porque serás una niña buena.

Mariel entre llanto le dijo tal como Elena le había enseñado, y bebió el jarabe para el dolor.

—No te preocupes hija, todos los días antes de que duermas y cuando despiertes, estaré sentada justo aquí frente a ti, y te repetiré esto, y te curarás, ya no recordaras aquel sueño ridículo que has tenido.

Mariel se quedó en silencio cuando dejó de escuchar al Dr.

El doctor Benjamín había bajado su cuaderno sobre la mesa, y no pudo seguir escribiendo ni una sílaba más, rompió en llanto en sus recuerdos más sagrados.

El color de sus ojos

—¡Oye papi!... ¿De qué color son tus ojos? —le preguntó la niña colocando sus manos pequeñas en su rostro, la observó sintiendo sus manitas tibias y sonrió.

—Son de color marrón —le respondió.

—¿Y los míos papi, de color son?

—Son verdes iguales a los de mamá, ¿y quieres ver algo increíble? —Vayamos al balcón.

—¿Qué es esto?...

—Este aparato es un telescopio retractor, con él podemos ver las estrellas, acércate mi pequeña princesa —le dijo y la niña puso sus ojos en el ocular y luego sonrió.

—Puedo verlas más grandes, y hay muchísimas

—Son muy bonitas papi —alegó y su voz delgada sonaba en su mente y su corazón vibraba en el dolor más grande que pudiera existir. Después de unos minutos limpio su rostro y siguió.

—Sigue respirando Mariel, ahora entraremos en una fase de sanación.

—Te han herido y te han arrebatado algo importante.

—Esto hizo que una parte de ti, estuviera en coma todo este tiempo, pero ya es hora de cerrar las puertas del pasado, y dar lugar a nuevas oportunidades, desde hoy creerás en ti misma y luego podrás en los demás.

—Entenderás que eres un ser excepcional, capaz de lograr cualquier cosa, incluso perdonar, amar y ser feliz.

—Tendrás el valor y la capacidad de mirar hacia atrás y no sentir dolor, porque eres fuerte y valiente, poseerás la aptitud de ser noble a la hora de tomar tus decisiones, siendo prudente e inteligente, obrando con amor y honestidad.

El doctor Benjamín cerró sus ojos mientras respiró profundo. Ya no podía seguir, pensó.

—Ahora contaré de uno a tres y despertarás.

—1 —2— y 3 —terminó el doctor y se quitó los lentes y los limpió con un paño.

Mariel abrió sus ojos y de momento pensó en lo que había pasado como cuando sueñas algo, pero no se sentía fatal, sino más bien con una ligera melancolía al recordar con que afán pedía por su madre, como si hubiera sido muy apegada a ella, trató de no pensar en Elena ni en Édison.

—¿Está bien señorita Mariel? —le preguntó el Dr. con la voz ronca.

Mariel lo miró y observó que sus ojos estaban rojos, pero no le quiso preguntar.

—Me siento bien Dr. mucho mejor de cuando entré a su consultorio. Usted me agrada, volveré un día a visitarlo de nuevo.

—No quiero hablar de lo que me pasó de niña.

—Las cosas que no terminé de recordar, prefiero no hacerlo nunca, pero sí buscaré a mis padres.

—Siento tranquilidad pese a todo, eso me dio usted y siempre le agradeceré.

—Señorita yo... yo, le deseo lo mejor —le dijo tartamudeando el Dr. sosteniendo su llanto, y mirando al suelo. No podía mirarla, o se desmoronaría por completo. Quería hablarle, preguntarle si necesitaba algo, si podía ayudarla, pero su emoción lo enmudecía que solo pudo despedirla con sus ojos completamente llenos de lágrimas.

Mariel Salió del lugar pensando en lo amable que era el Dr. Benjamín, un tanto extraño eso sí. Se le notaba triste, pero... ¡vaya! No le habían cobrado ningún dinero.

Más allá de cualquier sentimiento Mariel sentía mucho sueño, mientras caminaba al frente vio un hospedaje y decidió tomar una habitación, y descansar un rato. Luego le daría lugar al siguiente paso.

En la cama de aquella habitación lloró en la almohada, era algo que necesitaba hacer para terminar de liberar una carga de tantos años, y pronto se quedó profundamente dormida, ésta vez ya no había pesadillas, sino un placentero descanso.

—Dr. Benjamín; la joven ya se fue, no le he cobrado nada, tal como me lo pidió — Ahora dígame ¿qué ocurre? —le dijo Alicia.

—Creo que he encontrado a mi hija —confesó el Dr. con lágrimas en su rostro.

—¿Usted tiene una hija? No comprendo nada —expuso Alicia atontada.

—He tenido una hija, una esposa y un hogar Alicia, pero me lo han arrebato todo, hace casi 20 años de eso.

—Tenía solo cuatro años cuando fue raptada. Yo era joven y estúpido, no hacía mucho que me habían contratado en una importante clínica.

El color de sus ojos

—Ganaba mucho dinero, y solo quería darle lo mejor a mi familia.

—Esa mañana debí tener libre, pero tomé el compromiso de reemplazar a un colega. Mi esposa fue al centro comercial con la niña.

—Me llamó, quería que la recogiera, le dije que no podía, que estaba yendo a trabajar.

—Había olvidado avisarle, se molestó y comenzamos a discutir por teléfono. Ella me reclamó que no tenía tiempo para nada más, sólo trabajo y más trabajo.

—Se suponía que la pequeña se encontraba a su lado, pero cuando la buscó no estaba, y entonces escuché sus gritos:

— ¡Isabel! — ¡Isabel! Y los sonidos de la gravedad.

—Entonces, yo lo presentí, de alguna manera supe que había ocurrido una desgracia, como si mi vida en su esplendor se hubiera detenido justo en ese momento.

—Cambie de dirección, y me dirigí al lugar donde se hallaban. Al llegar había policías por todas partes, y ella estaba allí rota, partida en mil pedazos.

—Me miró con los ojos irritados y me golpeó, desde ahí todo nuestro mundo se había venido abajo.

—La noticia de la desaparición, estaba en todos los noticieros, pero no hallaron rastro alguno.

—Una mujer que tenía un puesto en el centro comercial, dijo que vio a un hombre cargar a una niña rubia similar a los rasgos de Isabel. Mencionó que la alzó en un gol negro polarizado sin chapa y se dirigió al este.

—Los investigadores nos aconsejaron quedarnos en casa, estar pendiente del teléfono, quizás llamarían los secuestradores por el rescate, les hubiera dado todo, incluso mi vida, pero nunca pasó, nunca llamaron.

—Recuerdo que salía a buscarla todos los días en cualquier dirección, no podía dormir, ni comer, era un infierno indescriptible imaginar las cosas que ella podía estar pasando, lo que le estén haciendo, lo mucho que ella me necesitaba y yo no podía ayudarla, no podía salvarla, quieres morir para no sentir todas esas cosas.

—Te dicen todas posibilidades como si no estuvieras justamente muriendo por dentro.

Mercedes Reballo

—En el país durante ese año entre niñas y adolescentes menores de 18, Isabel era la número 926 en estar desaparecida, y el número de encontradas era el mínimo.

—Existía la hipótesis que eran trasladadas a los países vecinos con fines de lucro ilegales.

—Luego estaba la mejor opción de todas, que la haya adoptado una buena familia, que quizás no pudiera tener hijos y ahora tendrían a mi pequeña y la llenarían de amor, pero era mi única hija, mi aire y mis ojos. Cuando se fue, la casa se quedó vacía y triste, no teníamos nada sin ella.

—Mi esposa lloraba todos los días, no podía verla más así. Entonces le prometí que la traería de vuelta, a cualquier precio.

—Contraté investigadores privados, pagué a cuantos policías para que siguieran la búsqueda, recorrí lugares oscuros buscándola. Terminé en el hospital con cinco puntos la cabeza, y entonces pensé, ¿qué más podía hacer?

—No puedes dejar de buscar, no puedes parar.

—Entonces estudie más, comencé con la hipnosis, pensando como un demente, que algún día ella, en forma de un milagro quizás vendría sola a mí y yo la reconocería por el color de sus ojos.

—Esa chica que vino es mi hija Isabel, ahora debo encontrar el valor de buscar a su madre, y decirle que la he encontrado —alegó el doctor.

Alicia estaba realmente impresionada con los ojos llorosos, jamás se habría imaginado que el Dr. tenía una esposa y una hija perdida.

—Pues, no espere ni un segundo más, vaya y dele la noticia a su esposa —dijo ella.

—No es muy fácil Alicia, hace muchos años que no me habla.

—Me dijo que no quería volver a verme, me fui y nunca volví a buscarla, pero siempre le envío un cheque al mes.

—Creí que me pediría el divorcio, pero nunca lo hizo.

—Siempre la observé desde lejos, fuera de la casa, en algunos eventos, en el parque, de hecho ella es la es la mujer de la caminata que usted presenció, pero no me atrevía a acercarme a ella como verá.

—¿Cómo debo hacerlo ahora?

—Yo lo acompañaré, sabrá que decir cuando llegue el momento —alegó Alicia.
—Bueno, no pensaba hacer esto sin usted Alicia, la necesito.
—La he visto a veces acompañada de un hombre, se lo juro, debo decirle – me siento como un adolecente tonto en este momento.
—Sí está con alguien, usted se acercará igual, es su esposa, piénselo y vayamos ahora mismo a su casa —ideó Alicia.
El Dr. Benjamín secó sus lágrimas y tomó sus llaves. En el camino sentía que le temblaban las manos y pensó que tenía pendiente una charla con Dios.
Solía ser un hombre incrédulo, y cuando vio que solo el señor lo podía ayudar, se puso de rodillas, y oró suplicando que Isabel regresara.
En la soledad no se había cansado nunca de pedirle que él obrara, que la salvara, que le enseñara el camino de regreso a casa, y era increíble que lo había logrado.
—Bueno es aquí —dijo el doctor observando la casa desde la calle.
—Bien... vaya, toque el timbre y dígale, yo lo espero —le respondió Alicia.
El Dr. Benjamín bajó del coche respiró profundo, se acercó lentamente y observó al interior a través de la ventana. Su esposa estaba hablando con un hombre.
Sobre la mesa había una planta de flores en maseta, sin perder más tiempo presionó el botón del timbre, desde ahí escuchaba sus pasos y su corazón se aceleraba
La puerta se abrió y su esposa lo miró asombrada.
— ¡Hola Laura! ¡Ah! Necesitamos hablar — lamento incomodarte, pero debía venir.
— ¿Qué haces aquí? —le preguntó Laura con desagrado.
—Yo debo decirte algo, ¡ha ocurrido un milagro! —expuso él y en eso vino el hombre a averiguar quién había venido.
—Hola. ¿Quién eres tú? — le preguntó él mirándolo de pies a cabeza.
—Yo soy su espeso. ¿Quién es usted? —No sea metido, vine a hablar con ella, no con usted — ¡Váyase!
— ¡Laura!, ¿es en serio? —dijo el hombre molesto.
— ¡Ah! ¡Cálmense parecen dos niños!

—Robert; debo hablar con éste señor que dice que es mi esposo, gracias por las flores, las plantaré.

—Entonces, nos vemos luego —declaró ella con una media risa.

— ¡Claro!, ¡genial! Entonces me voy —dijo Robert enfadado.

—Sí váyase, ¡lárguese! —continuó el doctor y Robert lo miró más enojado aún.

— ¡Benjamín!, ¡basta! ¡Siempre eres insoportableee!...

—Te apareces después de años aquí como si nada, ¿estás loco acaso?

—Lo siento Laura, escúchame; debo decirte algo importante,

—Yo, encontré a nuestra hija, ella vino al consultorio. ¡Es ella! —afirmó el y en seguida los ojos de Laura se llenaron de lágrimas, y lo miró con el rostro enfadado.

— ¿Cómo te atreves a bromear con algo así? — ¿Has venido hasta aquí a jugar conmigo?

—No estoy jugando Laura, yo jamás jugaría con algo así, no estoy loco, ni pretendo nada.

—En el consultorio las cámaras de seguridad la han grabado, ven conmigo a verla con tus propios ojos, si no me crees.

—Tengo sus datos, su número de celular, todo.

—Vino desde la capital, quería que le realice una hipnosis porque sentía que había olvidado algo, eso dijo.

— ¿Qué más dijo? ¡Dímelo! —gritó Laura.

—Ella dijo que la habían adoptado aquí, a la edad de 4 o 5 años, y que la derivaron después a la capital.

—No nos recuerda y no pudo hacerlo, porque se interpuso entre sus recuerdos un trauma, el hombre que la llevó le hizo daño —confesó el apenado.

Laura rompió en llanto de inmediato, quedándose sentada sobre sus pantorrillas en el suelo, todo en su mente revivía, ése día de su desaparición y cuántos recuerdos le llovían el en alma, su voz su carita y su cuerpo pequeño podía verla a través del tiempo tal como era antes.

Su sueño más anhelado era ser madre, que cuando llegó del hospital con su pequeña niña que parecía una fotocopia de ella misma en miniatura, no podía siquiera dejarla en su cuna, porque temía perderla, esos miedos que tienes que le pase algo como que la manta se le suba a la cara y no pueda respirar o no la escuchara llorar.

Sin pensarlo la llevó a su habitación y aprendió a dormir con ella en su pecho, al amanecer la tenía sobre su brazo o a veces permanecía sobre ella, y era maravilloso tenerla tan cerca.

Luego Isabel fue creciendo y siempre quería dormir sobre ella, los latidos del corazón de su madre, la mecían más sus manos que la envolvían como si la abrazaran, entonces dormía.

Cuando se fue, Laura sentía su corazón vacío, el peso que tanto amaba se había ido, la niña que había llenado su vida de un amor incomparable ya no estaba.

—Lo siento Laura —dijo el Dr. apoyando su mano en su hombro.

—Es nuestra pequeña Laura, es igual a ti, el cabello, el color de sus ojos, no ha cambiado su carita, es la misma que antes.

—Ahora es una señorita, la verás tú misma, sabes — por favor levántate.

— ¿Y porque la dejaste ir? — ¿Porque no le dijiste que eras su padre?

— ¿Por qué dejaste ir a mi niña, Benjamín? —dijo Laura cubriendo su rostro.

—Porque no quise darle otra gran impresión, estaba asustada, y pensé que lo mejor era hacerlo contigo.

—La buscaremos y le diremos juntos, tú y yo como sus padres —declaró el.

Laura se puso de pie y siguió llorando, lo observó ahí parado frente a ella, y lo abrazó con fuerza.

Tantos años habían pasado separados por no entender el dolor del otro, ahora algo inmenso los unía de nuevo.

—Hoy deberá asimilar las cosas y mañana estará mejor - Salgamos temprano, así estaremos ahí antes del mediodía.

—Entonces pasaré por ti a las 7 a. m. ¿Está bien? —le preguntó el Dr.

—No me gustaría quedarme sola hoy, la ansiedad me mataría.

— ¿Quieres quedarte esta noche? —dijo Laura.

—Me encantaría, ¡ah!, espérame hablaré con mi secretaría.

Alicia lo había visto todo, en su mente entendió finalmente muchas cosas que antes no, la unión de una familia y comprendió que aquel hombre con quien salía, no le convenía, porque no le pertenecía.

—Alicia, le pediré un taxi —dijo el Dr.

— ¿Qué? ¿Va a abandonarme a mi suerte ahora?

—No sea dramática Alicia.

—Se lo agradezco sabe —confesó el Dr.

Ella sonrió y saludó a la esposa y en un momento se subió en un taxi con una gran decisión en los pensamientos.

Al quedarse a solas, el doctor Benjamín y Laura fueron primeramente al consultorio y pasaron el tiempo contemplando la imagen de Mariel en las cámaras. Eran inevitables las emociones y el deseo incontrolable de tenerla en persona frente a ellos.

Capítulo ocho.
EL COLOR DE LAS ESTRELLAS

Horas más tarde, Mariel abrió sus ojos y descubrió que estaba oscureciendo.

—Dios ¡Me quedé dormida! —dijo y se levantó de prisa, llamó un taxi y lo esperó en la avenida.

Al conductor le enseñó la hoja donde Carmen le había escrito la dirección. En el camino iba observando el paisaje, deseando corroborar si aquella casa que el abuelo mencionó, era donde la habían tenido retenida.

Tiempo después, pasaban por un lugar donde no había lugareños, ni una sola casa a la vista. Los árboles eran altos, en ringlera y a su extenso le seguían campos de trigo. El coche hizo una curva casi en forma de u y Mariel se incomodaba observando.

Cuando comenzaba a asustarla el lugar solitario, vio al frente los esquinares de una casa vieja.

—Es aquí desea que la espere; o se quedará —le consultó el señor conductor.

—Gracias, puede irse — me quedaré un rato —sostuvo Mariel, se bajó del automóvil y caminó unos metros hasta quedar frente a la casa.

Sus ojos se engrandaron al descubrir que se trataba de la misma casa que había visto tantas veces en su sueño, ahora estaba justo en frente. El foco del centro del exterior estaba encendido y la noche empezaba a pintar de negro los alrededores.

Respiró hondo y se acercó a la puerta, había un pequeño candado oxidado que le impedía su entrada. Dio la vuelta alrededor de los corredores y encontró una vieja pala, la tomó, la levantó hacía arriba y le dio con el filo de frente al candado con todas sus fuerzas quebrándolo.

Liberó sus manos asomó su cabeza al interior y observó que estaba completamente oscuro, intentó encender la luz, pero ésta no funcionaba.

Entonces quitó su celular, y encendió la linterna. Alumbró las paredes, observando cada cosa detalladamente. Un olor desagradable invadía el lugar, más una esencia de humedad.

Al paso se podía ver cajones amontonados, hules, latas y colecciones de peces de juguetes al doquier. Cuando llegó al centro sintió un escalo frío recorrer su cuello.

Sus ojos contemplaron la caja de cristal, ubicada contra la pared. Tenía un tamaño promedio de 110 cm de altura y unos 60 cm de ancho.

Se encontraba cubierta de polvo y tela de arañas, su tapadera de inoxidable estaba diseñada como para que el individuo de adentro pudiera respirar.

Mariel recordó lo asustada que estaba dentro de esa caja, sintió un mal estar en el abdomen, luego procedió en busca de aquella lata, donde Édison guardaba las fotografías.

Extendía su brazo tratando de alumbrar las paredes con la minúscula linterna de su celular, pero algo pisaron sus pies en el piso de madera, se asustó cayendo al suelo mientras su teléfono se le zafaba de las manos.

Al tocar el suelo, sus manos sintieron una montaña de cuerpo frio, otros húmedos y más duros. Gritó manoseando aquello del piso, tratando de ponerse de pie, sin poder ver que eran.

Se levantó adolorida y tomó su celular del suelo y alumbró de prisa. Lo que veían sus ojos y el olor desagradable que percibía su nariz, la llevó al extremo de lo nauseabundo devolviéndolo todo.

Aquel desapacible aroma provenía de unos cuantos animales domésticos decapitados en estado de putrefacción, se apresuró en sacudir su ropa y sus piernas, ahora su corazón latía precipitado. Estaba ansiosa por abandonar el lugar. Se acercó nuevamente a la caja, se colocó en el centro, cerró los ojos y trató de controlar su respiración.

Imaginó en su mente un plano del espacio donde se encontraba, observó el sillón que usaba Édison desde esa perspectiva y notó que había un desnivel en el la textura de la madera del suelo.

Se acercó, liberó el espacio e intentó levantar la tabla y ésta se soltó, introdujo las manos y quitó la caja, la puso a un lado y la abrió, solo vio una foto entre tantas y cerró la caja.

Ahora tenía pruebas suficientes para meter a Édison tras las rejas. Sintió un alivio y quería informarle a Leticia, revisó su celular, pero no tenía señal.

— ¡Genial! Y ahora como saldré de aquí, pensó.

Caminó a la salida levantando su celular, necesitaba salir de allí pensaba mientras se adelantaba, pero de pronto la luz de un vehículo la iluminó por completo, frenó bruscamente al pie de la casa y Mariel observó con atención.

La puerta se abrió y salieron al exterior primeramente las botas oscuras y luego enteramente Édison.

Estaba parado frente a ella, ésta vez con el rostro serio. La luz de los faros del auto descubrían la caja que Mariel sostenía en sus manos.

— ¡Vaya! ¡Ooh! Me sorprendes, te lo juro... te he buscado por cielo y mar y ahora te encuentro en mi propia casa.

— ¿Quién lo diría? — ¿No? —dijo observando la caja en sus manos y luego siguió.

—Tu madre está preocupada, dice que si regresas hoy no te hará nada, ni un castigo siquiera, si fuera tú obedecería.

—Elena no es mi madre, gracias a Dios y antes prefiero morir que volver a su casa —declaró Mariel.

Édison metió la mano en la cintura, quitó un revolver y apuntó de inmediato a Mariel.

—Por mi estaría bien, pero Elena tiene ésta a ver... como lo llamaría, mmm... obsesión por ti, creo que puede ver a través de tus ojos; o vivir, al menos eso cree ella, por eso necesita que vuelvas, además eres la fuente de ingresos a la casa.
—Sin embargo tu clientela puede esperar, se me ocurre que... tú y yo podemos pasar un buen tiempo antes juntos, como los viejos tiempos.
— ¿Qué es lo que tienes en las manos? —le preguntó y otra vez estaba ahí el viejo amigo de Mariel "el miedo" Sujetó con fuerza la caja, mientras Édison se le acercaba.
— ¿Has visto a esos animales adentro?
— ¿Sabes lo que eso significa?
—Significa que el más fuerte siempre gana.
—En el bosque el león es el rey, mata a sus presas, ¡con que astucia! — ¿No crees?, las devora sin ningún remordimiento y en el mar el tiburón es mi favorito, es feroz, desalmado y entre los seres humanos, justo aquí, yo soy el más fuerte y ahora me apetece terminar aquello que comencé en tu habitación.
—Yo te recuerdo sabes, eres mi pequeño pez. Ahora más bien pareces una sirena.
—Tendré que construirte una pecera a tu tamaño. Estarás ahí todo el día, solo saldrás a jugar conmigo cuando yo quiera —declaró él.
— ¡No te atrevas a tocarme! — ¡Maldito enfermo! —le dijo Mariel con bronca luego siguió.
—Irás a prisión, pornografía infantil, abuso y cuantos crímenes más debes guardar, incluso lo que le hiciste a esos animales indefensos tiene pena carcelaria ahora.
— ¿Cuántos años crees que te darán? — interpuso Mariel.
— ¡Tú eres una idiota! —declaró Édison y la tomó del cabello lanzándola por el parachoques delantero del auto.
La caja que tenía en su mano, ahora estaba en el suelo. Édison era un hombre grande de 1.90m de altura. Mientras presionaba su cabeza con fuerza por su vehículo, Mariel pensaba cómo escapar de sus manos.

Le vino a la mente la imagen de Alejandro y una tristeza inmensa, era un sentimiento extraño que jamás había tenido. No quería estar con ese hombre malvado y tal vez si lo hacía, eso le daría más tiempo para escapar después, pero sentía que no podía porque su cuerpo ya no le pertenecía solo a ella, entonces solo quedaba luchar.

Mariel estaba inmovilizada sobre la parte delantera del auto, en su mejilla sentía la temperatura del motor, la mano pesada de Édison sobre su cabeza y su revolver entrar entre su falda.

—Sé que te gusto tanto como tú a mí, y entenderás en seguida que tengo más atributos que cualquier otro hombre que hayas conocido, soy diez veces mejor que el idiota ese con quien salías ya lo verás —le advirtió Édison y Mariel lo sintió.

—¡Tú eres un monstruo Edison! —¡Un monstruooo! —le dijo ella y eso lo molestó bastante, porque aquel insulto le hacía su madre.

La tiró al suelo y deseo mirarle la cara mientras la lastimaba. Se acostó sobre ella con fuerza brusca, colocando sus dos manos sobre su cuello, Mariel le dio varias manotadas y arañazos, en sus brazos y rostro, pero parecía no sentir dolor alguno.

Mientras giraba su cabeza de lado a lado y comenzaba a perder el aire, seguía tratando de detenerlo, Édison liberó una mano y le rompió el vestido, en eso Mariel vio la caja vieja de metal a su alcance.

La tomó con su mano derecha sosteniéndola, y la cruzó por la cara a Édison, ocasionándole una cortadura con sus esquinas de metal.

—¡Estúpida perra! —gritó Édison haciéndose a un lado y sostenido su mejilla con ambas manos.

Mariel se levantó entorpecida, tomó la caja y corrió precipitada. Al entrar entre los árboles, fue dejando atrás la luminosidad que venía de la casa.

Pronto perdió el conocimiento del camino, pero siguió trotando sosteniéndose de algunas ramas en la penumbra de la noche. Minutos después podía contemplar algunos dolores en el cuerpo, se sentía exhausta y algo mareada.

Había llegado a los cultivos de trigo. No había señales de su agresor, solo los ruidos escasos de algunos búhos nocturnos.

Sus pies adoloridos tambaleaban en cada paso que daba, deseaba encontrar el camino y quizás llegar a un lugar poblado, pero sus ojos se oscurecían y de pronto se desvaneció en los trigales.

Era una mescla absoluta de todo los malestares juntos, en su estómago se hacía un hueco, su cabeza parecía dar vueltas y algunos dolores quien sabe de dónde venían. Ya no importaba porque el sueño que sentía los cubría como una manta tibia.

Sus ojos estaban de frente a incontables estrellas luminosas como si pudiera contemplar el mismo universo. Podía distinguir sus colores, donde sus pupilas se dilataban y brillaban a su merced, se veían tan hermosas y era como si ya hubiera vivido eso antes, ahora una sensación de paz la visitaba y se quedó dormida.

Édison la buscaba en sentido contrario desde hace rato, estaba agotado y de mal humor que decidió regresar a la casa. Encendió la luz del sanitario, y se puso frente al espejo, observó su mejilla sangrar y entró en una especie de pánico.

Se vio a sí mismo pequeño y asustado. Se había caído en el patio del colegio, y le sangraba la rodilla, se sentó en el suelo a mecerse colmado de miedo y cuando lo vieron sus compañeros formaron un círculo a su alrededor y se burlaron de él.

— ¡Édison está asustado!... ¡Édison tiene miedo! —le gritaban todos juntos en tono de una canción, mientras él comenzaba a llorar y cubrir sus oídos.

— ¡Eres un fenómeno Édison! —terminó un niño y ese recuerdo intensificó su estado.

Se acostó en una pequeña cama, tratando de calmar su instinto. Cuando amaneciera volvería a buscar a Mariel y ahora no tenía ninguna intención de regresarla con Elena, sino deshacerse definitivamente de ella.

— ¡Papá! Hay una chica aquí —dijo un joven agricultor.

El señor se acercó de prisa, la observó con susto al verla sucia y semi desnuda con algunos rasguños en la cara, se asomó a ella y le habló.

— ¿Señorita? — ¡Señorita! — ¿Está bien? —le dijo expectante de su reacción.

El color de sus ojos

Mariel abrió sus ojos, y se encontró con la luz del alba, al ver a un hombre mayor, se asustó y se sentó abrazando la caja de las fotos.

—Tranquila, no se preocupe, al parecer usted tuvo un accidente, algo así, tiene un poco de sangre en la frente. ¿Quiere que la llevemos a un hospital? —dijo en lo que se quietaba su camisa.

—Póngase ésta camisa hija, se le rompió el vestido —alegó el y le ayudo a ponerse mientras ella lo observaba con temor.

—Gracias señor, ¿sería usted tan amable de acercarme a la terminal? — le preguntó.

— ¡Claro!... ¡Vamos hijo! Llevemos a la señorita —dijo él señor y le mostró el camino.

Cerca de allí había dejado su camioneta, Mariel se sentó en el asiento de atrás e iba en silencio.

Quería llamar a Leticia, de seguro estaba muy preocupada, pero ahora ya no tenía un celular, lo había perdido irrebatiblemente en la contienda con Édison.

—Señorita; mi esposa nos preparó para la mañana unos sándwiches de verdura — ¿Quiere probar uno? —le preguntó.

Mariel extendió su mano y el señor le pasó alegremente.

—Bueno ya llegamos, es aquí —declaró el señor.

—Muchas gracias —le dijo Mariel y salió del vehículo.

Entró a la terminal aturdida e ingresó al sanitario, trató de limpiarse y verse bien para tomar el bus, revisó su ropa, ¡y qué alivio que tenía dinero! Entonces se dirigió a la ventanilla de boletos.

Al parecer era su día de suerte después de todo, porque el colectivo se encontraba estacionado con el motor encendido, en espera de sus últimos pasajeros. Se subió complacida y entre las personas sentadas en los asientos, eligió el rostro más cálido, y le pidió con algo de vergüenza prestado el teléfono.

— ¡Claro querida! úsalo sin problema —le respondió la mujer mayor, Mariel se sentó a su lado y le marcó a Leticia.

— ¿Diga? —respondió Leticia adormilada.

—Soy yo, Mariel.

— ¡Dios! ¿Pero adonde te habías metido mujer? Te he llamado, te estuve esperado ayer desde la tarde, estaba muy preocupada.

—Te lo explicaré después, escúchame: no tengo teléfono, ¿crees que podrás esperarme a las 11 en la terminal de Asunción?

— ¡Por supuesto que sí! Ahí estaré —respondió Leticia.

—Nos vemos entonces —se despidió Mariel.

En la sala estar el sonido de los trabajadores municipal despertaron al Dr. Benjamín. Miró con afán su reloj, las 7 a. m se levantó de prisa y acomodó el sofá.

Esa noche le había costado lograr el sueño, cuando al parecer Laura se había dormido, recorrió la casa reviviendo sus recuerdos.

Entró a la habitación de su hija, todo estaba tal cual como antes, su placar blanco y roza con el unicornio en el centro. Lo abrió y sus vestidos yacían colgados en pequeñas perchas coloridas con una fragancia a guardado, sus zapatitos por otra parte, sus juguetes y la estantería de peluches.

Se sentó en su camita de cobertor de hadas y observó cada rincón con lágrimas en los ojos. En la mesita redonda estaban sus dibujos, sus pinceles y lápices de colores, y contemplando cada detalle del cuarto de su niña, había perdido las horas de la noche.

Ahora en la entrada del dormitorio de Laura se encontraba, como no le contestó, abrió la puerta y la vio dormida entre las sábanas blancas. Se acercó a ella lentamente observándola, sobre la mesita de luz había unas tabletas de antidepresivos.

—Laura ¡despierta! —le dijo y ella abrió sus ojos.

— ¿Qué?... ¿Qué hora es? —preguntó.

—Ya son pasado de las siete, debemos irnos —alegó el Dr.

Laura se preparó de prisa, nada importaba, solo contemplaba el afán de ir en busca de su hija y pronto emprendieron el viaje.

Édison como de costumbre tenía el sueño pesado, una vez dormido le costaba mucho despertar. Cuando lo hizo, eran cerca de las diez de la mañana, tomó sus cosas, su arma y salió en busca de Mariel. Dio unas cuantas vueltas por los alrededores sin buenos resultados, entonces se dirigió rumbo a la capital.

El color de sus ojos

Leticia le había contado a Alejandro que Mariel llegaría en cualquier momento a la terminal, el por su puesto lo tomó con un sentimiento de júbilo, después de grande desesperación al no saber nada de ella. En verdad deseaba con intensidad ir hasta ahí y recibirla con un abrazo, pero sería absurdo.

Mariel bajaba por los escalones del microbús y se encontró de frente con Leticia, al verla allí esperando por ella pensó, que esa era sin duda una de esas amigas que encuentras solo una vez, sólo aquellos de suerte lo podrían repetir.

— ¡Que gusto me da verte! —dijo ella y la abrazó a lo que Leticia lo tomó como algo nuevo de ella, sabiendo que no le gustaba mucho el contacto.

—Estas lesionada, ¿qué fue lo que te pasó? —le preguntó mortificada.

—Te lo diré en el camino, ahora debemos irnos.

—En esta caja tengo pruebas para denunciar a Édison —comentó ella.

Leticia se enteró de lo que había ocurrido, se sintió atemorizada al pensar que ahora Édison probablemente quería muerta a Mariel.

Cuando llegaron, Mariel se sentía nerviosa, ¡vaya! En sólo minutos quizás, sabría quién era, su nombre y su apellido. Muchas ideas cruzaban en su mente, imaginando su origen. Tal vez sería otra decepción más, pensaba.

Entraron y no sabía si quitar turno, o que hacer. Había unas cuantas casillas con números y policías cruzando de un lado a otro. Miró a una oficial, se acercó a ella y le dijo exactamente lo que necesitaba.

La oficial la observó extrañada, ya que era algo insólito lo que ella solicitaba, pero actuó con severidad.

—Siéntese ahí, le informaré a mis superiores, en seguida la llamarán —anunció ella.

—Muchas gracias —respondió Mariel y se acomodó en la banca con Leticia. Después de unos minutos vinieron dos hombres de uniforme azul, al parecer eran policías.

—Señorita, la llevaremos al departamento de información privada, es aquella puerta que se ve a la derecha —declaró uno de los hombres.

—¿Puede acompañarme mi amiga? —interrogó Mariel mirando con atención a Leticia.

—Disculpe, pero debe ir sola señorita —interpuso el hombre.

—No te preocupes Mariel, aquí estaré, ve tranquila —añadió Leticia y Mariel fue acompañada por aquellos dos hombres.

Al entrar a aquella puerta, en su interior observó varias computadoras y equipos que no conocía. Los uniformados la miraron con atención, luego disimulando volvieron a trabajar.

—Bien, cuénteme porque necesita una muestra de su huella —interrogó un hombre uniformado, Mariel lo observó un momento y luego habló.

—Me han confirmado que el número de mi documento de identidad es falso, de eso se encargaba mi padre.

—Me he enterado en los últimos días, que fui adoptada. Tengo las sospechas que lo han hecho en forma ilegal.

—No tengo mis recuerdos en orden, pero creo que el sobrino de la mujer quien yo tenía como una madre, me tenía retenida de niña, y en ésta caja tengo las pruebas, la encontré anoche en su casa.

Mariel puso la caja sobre el escritorio del policía, quien la miraba atentamente, la abrió cuidadosamente y en ese momento su rostro tomó otro tono.

—Esto es muy grave. ¿Qué clase de loco enfermo hace esto? —comentó el policía.

—Él tiene un extraño encantamiento con los peces, encontré además, varios animales muertos en su casa.

—Tengo aquí la dirección, es en la ciudad de Encarnación —añadió Mariel.

—Deme la dirección, nos encargaremos y entrégueme su cedula de identidad, la estudiaremos.

—Bueno;, mire esto haremos: le tomaré sus huella y luego rellenaré una planilla formal de su denuncia.

—Me dará los datos del sobrino de esa mujer y lo buscaremos.

—Ahora ponga su dedo aquí —dijo el hombre.

Mariel acercó su dedo pulgar, y lo puso sobre el sensor de huella.

El señor policía miró la pantalla un momento colocando una mano en su mejilla.

El color de sus ojos

—Aguarde un momento señorita, llamaré al jefe, no se preocupe, será solo un momento —declaró el, se levantó y salió.

Mariel estaba ahora mucho más alterada, ¿pero qué demonios ocurre? Pensaba mientras observaba el lugar en cada esquina. En un momento la puerta se abrió y entró un hombre mayor de canas y espalda recta. Tenía en sus manos un cuaderno negro grande.

—Señorita, soy el director general Alfredo Báez —se presentó y al par que hablaba, tras él entraron tres policías más, y un hombre de azul.

—¿Qué ocurre? —preguntó Mariel.

—Nos ha sorprendido su llegada mire; su nombre es Isabel Bojanich, nacida el 18 de marzo de 1998 en Encarnación.

—Es usted la niña desaparecida en el año 2002, es hija de Laura Andrade y el Dr. Benjamín Bojanich.

—¿El Dr. Benjamín es mi padre? —interrumpió Mariel y sintió un ligero mareo y su rostro se volvió pálido.

—Qué alguien le traiga agua y Víctor; llame al jefe de la policía antisecuestro.

—Dígale que venga de inmediato que llame él mismo a los padres de esta chica —ordenó el general.

—Señorita Isabel, mi gente se pondrá en contacto con sus padres y vendrán aquí a recogerla.

Unas lágrimas rodaban por las mejillas de Isabel, recordando a aquel hombre, sus ojos tristes, su voz ronca y entre cortada. Ahora entendía que él la había reconocido. Tal vez sintió miedo de hablarle, pensando que ella lo rechazaría; o se asustaría. ¿Cómo saberlo? pensó.

—¿Qué fue lo que paso? ¿Ah?, ¿mis padres me entregaron a esas personas? —interrogó ella.

—No señorita Isabel, ha sido usted víctima de un secuestro.

—La han buscado por muchos años sin resultados, y siguen buscándola en teoría.

—No es mi jurisdicción, pero no hace mucho tiempo salió en las noticias que su padre solicitó apertura de su caso.

—Le tomaremos su declaración, y daremos con los culpables.

—Responda las preguntas que le haré y nos encargaremos de atrapar a los que le hicieron esto.

—Hasta ahora nos dio, un nombre de uno de sus secuestradores y ya salió el reporte de orden de aprehensión.

—Lo está buscando en este momento también están tratando de dar con sus padres.

—Ahora, deme los nombres de las personas que la tenían —le dijo señor.

Isabel pensó en la que era supuestamente su madre, todo lo malo que le había hecho, y lo mucho que ella había esperado su amor, ahora sentía por ella pena. Respiró hondo, luego la delató, les dijo donde se encontraba en ese momento.

Los policías que estaban a su lado, tomaban nota y luego escuchó la orden que fueran a apresarla.

El celular del Dr. Benjamín sonaba por tercera vez, y lo atendió mientras manejaba.

— ¿Hola?...

—Dr. Benjamín —soy el Comisario Gutiérrez de la Policía Nacional de Antisecuestro de Asunción.

Encontramos a su hija Isabel, ella misma se acercó a quitar sus huellas dactilares —le informó y al escuchar aquellas palabras el Dr. Benjamín encostó de inmediato su vehículo, su corazón se aceleró de alegría y emoción.

— ¿Qué sucede? —preguntó Laura.

—Tienen a nuestra hija, la identificaron por sus huellas —le respondió el.

Laura colocó sus dos manos juntas sobre su rostro y sonrió. Sentía sencillamente que la vida le regresaba al cuerpo, nacía en ella de vuelta la esperanza más inmensa, y hermosa de ver de nuevo a su hija, su princesa más soñada y anhelada.

El Dr. Benjamín aceleró de prisa, directo al encuentro más esperado de su vida.

—Señor; puede entrar mi amiga aquí, se encuentra en la banca de afuera, se llama Leticia —dijo ella con timidez.

—Si claro señorita — que alguien busque a la amiga de afuera —ordenó el jefe.

Y pronto Leticia la acompañó en su espera, impresionada y ávida por supuesto.

Elena estaba sentada en el sillón de su cuarto, mirando su reflejo en un gran espejo, en la luz opaca que entraba del exterior.

El tiempo sin duda es el mayor enemigo que podemos tener, un gran tirano invisible capaz de quitártelo todo, no importa cuánto desees volver atrás, retrasarlo como un reloj o detenerlo quizás, al final terminas comprendiendo la triste realidad, que no puedes escapar de él.

En su alucinación Elena contemplaba su reflejo cargado de juventud, era tan hermosa y sensual, su cabello negro y liso tocaba el asiento de su silla, se pasó un labial rojo en la boca y le sentaba simplemente perfecto.

Pronto saldría a bailar y los hombres estaban expectantes y ansiosos por verla a ella, la mujer más cotizada del burdel, y luego pasaría la noche llenando los turnos.

Pronto sintió el impacto de la puerta, y volvió a la realidad. Escuchó la voz grave de un hombre, y a su vez el sonido de varios pasos. Se levantó apresurada y trató de escapar, pero la atraparon.

Un personal de la policía la esposó, y le declaró sus derechos, mientras ella repetía una y otra vez que la soltasen.

—Señor, los padres de la joven, están aquí —dijo un oficial.

—Pues, abramos el paso, y hágalos pasar.

—Y señor, la prensa está en la entrada, y desean información —alegó el.

—No los dejen entrar aquí.

—Mande un aviso, que se refuerce el control, y que nadie moleste a la familia.

—El jefe del ministerio antisecuestro, dará la información que necesitan en breve.

—Sí, señor —respondió el joven y procedió.

En unos segundos la puerta se abrió de tras de Isabel, los policías se apartaron.

Entonces Isabel se puso de pie, giró la cabeza y se encontró de frente con los ojos vidriosos del Dr. Benjamín, a su lado una mujer de cabello color miel y ojos claros, tenía las dos manos juntas, como en una oración.

Luego soltó sus brazos y corrió a abrazarla, y el Dr. la siguió, acorralando con sus brazos a su hija, le acarició su cabello, besó su cabeza, y su frente, mientras los demás los miraban conteniendo las lágrimas.

—Lo siento hija mía — ¡perdóname!

—No debí soltar tu mano, fue mi culpa— ¡perdóname! —decía la madre en medio del llanto.
—No fue tu culpa mamá —respondió Isabel.
—Te amamos hija, nunca dejamos de esperar por ti, ¿sabes?
—Ahora estarás bien, ¡todo acabó mi princesa! Nadie te hará daño.
—Ahora estás a salvo —añadió el padre, su corazón vibraba de emoción y satisfacción. Su niña que ahora era una mujer, estaba en sus brazos, ahora podía cuidar de ella, ya no era una ilusión, ni un sueño, sino que al fin sus ojos podían verla realmente tal cual era.

Y así pasaron los tres abrazados durante unos minutos, Leticia los miraba con las mejillas empapadas de lágrimas.
— ¡Gracias señor! —dijo el Dr. estrechando su mano con el director.
— ¡Felicidades Dr. Benjamín! —expresó el señor.
—Ahora sólo deben firmar unos documentos en la parte policial.
—Quizás necesiten que vuelva a declarar la joven, y luego se les avisará del juicio.
—También ahí les informarán a cerca de los acusados.
—Tengo entendido que ambos ya fueron capturados, él último fue detenido en la autopista hace unos minutos.

Y así lo hicieron, Isabel declaró mientras sus padres esperaban en otra sala. Era difícil ser completamente sincera así que, les dio solo informaciones necesarias, teniendo en cuenta su integridad, en fin solo deseaba terminar eso y marcharse de allí.

Cuando terminaron Isabel les comentó que Leticia la había ayudado y que no estaría ahí si no fuera por ella, en ese momento pensó en Alejandro, él también fue un buen amigo, pero guardó silencio mientras Laura abrazaba a su amiga y le agradecía inmensamente por su apoyo.

Isabel pidió a sus padres que fueran con Leticia a su casa, con la idea de hablar en el camino y ellos accedieron con gusto.
—Estos hombres los escoltarán hasta su vehículo —dijo el general.

Laura le pidió a Leticia que los acompañara en su auto y ella accedió con gusto. Luego se encaminaron a la salida, la hija encontrada iba en el medio, mientras sus padres la abrazaban.

El color de sus ojos

Cuando llegaron a los corredores, se encontraron con un grupo numeroso de periodistas. Fue entonces entre aquellos sonidos de cámaras e interrogaciones sin respuestas de aquellos intrusos, que Isabel observó al otro extremo de la calle, y lo vio a él.

Estaba parado frente la puerta de su auto, sus ojos se encontraron. ¿Qué hacía el ahí? Pensó cuando subió al vehículo "Alejandro" su imagen seguía en su mente.

Al salir a la avenida, Isabel le pidió a su padre, que la llevara a la casa de Elena. Al llegar vio la cerradura rota, y algunas cintas amarillas al paso.

Se dirigió donde solía ser su cuarto, se cambió de ropa y tomó algunas prendas y joyas que Alejandro le había regalado, las cargó en una mochila, y salió.

Su padre estaba orgulloso del valor que tuvo, al decidir entrar allí ella sola, y desde afuera miraba con horror, esa casa donde había vivido, todo ese tiempo de infierno.

Después se dirigieron a la casa de Leticia. El doctor Benjamín manejaba su auto casi sin sentir sus manos, las emociones que sentía invadían su alma y su mente.

—Yo, tengo un perro, se llama Tomás.

— ¿Puede venir conmigo? —preguntó Isabel tímida.

—Está bien hija, no habrá problema, nosotros no tenemos mascotas —aseguró Laura sonriendo.

Cuando llegaron, Isabel se apresuró a saludar a Tomás.

—Te dije que volvería amiguito —le dijo mientras lo acariciaba. Mientras sus padres esperaban Isabel se despedía de Leticia.

—¡Oye!, volveremos a vernos, lo prometo – te visitaré a menudo y piensa en lo que te dije.

—Tú eres una chica hermosa y fantástica, eres un ángel, todo lo que yo puedo ver en ti, lo verá cualquier hombre, es solo que tú te escondes, ábrete a las posibilidades del amor y lo verás —expresó Isabel.

—Gracias señorita Isabel, debo decirte te desconozco, creí que no creías en el amor —alego ella.

Isabel sonrió y terminó de despedirse, llevándose a su perro. Luego eran las horas de viaje a su hogar.

En el camino hicieron dos paradas, para comer algo y la Farmacia, donde Isabel se negó a que la acompañaran.

Y finalmente llegaron cuando anochecía.

—Bueno, hija ésta es tu casa, déjame mostrarte tu habitación, te compraremos mañana una cama más grande, cambiaremos los muebles, te conseguiremos ropas y todo lo que necesites —dijo su madre.

Isabel entró al cuarto y observó cada cosa detenidamente.

—Mantuve tu habitación como la dejaste, como verás —siguió Laura, mientras sus ojos se llenaban de lágrimas, sintió el silencio de Isabel y no supo que más decir. En verdad no la conocía, era tan diferente a aquella pequeña niña ruidosa, traviesa y amable, ahora era una chica callada y misteriosa.

—Me daré un baño —anunció Isabel con voz baja, entonces Laura se alejó. Se sentó en el sofá de la sala estar y lloró cubriendo su rostro.

—Pero... ¿Qué ocurre Laura? —preguntó el Dr.

Ella se acomodó, y lo abrazó con fuerza, mientras lloraba.

—Sé que es nuestra hija, pero no la reconozco, te lo juro, es tan diferente y distante.

—No sé si podré hacer esto yo sola, no me dejes ahora.

—Vuelve a la casa, por favor Benjamín.

—Regresa a vivir aquí, te necesito —expresó Laura.

—Está bien, yo volveré; mañana buscaré mis cosas.

—Me quedaré a tu lado Laura, ahora escucha cariño:

—Sé que odias que te hable como médico, pero debo hacerlo ahora.

—Tú no puedes mostrarte así ante nuestra hija, porque eso no ayudará.

—Dale tiempo, ella estará bien créeme, será una chica alegre y bromista, tal como la recordamos.

—Pero ahora necesita su espacio, y su tiempo para aceptarnos.

—Ella nos ha olvidado, pero no la culpes, es que le han enseñado a que nos borrara de la mente.

—Pero tú y yo tenemos otra oportunidad, podemos crear nuevos recuerdos ahora —declaró el.

—Está bien dijo Laura, tomó su mano y apoyó su cabeza en su hombro.

En el sanitario Isabel abrió el grifo de la canilla, y mientras la tina se cargaba de agua, quitó de su bolso lo que había comprado de la farmacia, y se realizó un tex rápido de embarazo.

Sentada en el inodoro miró con temor la tableta, y sus ojos la convencieron, estaba embarazada, respiró hondo recordando las noches de pasión con Alejandro, se quitó la ropa, y entró a la tina y se relajó.

Por otra parte Alejandro estaba asombrado por la noticia de Isabel, la estaba viendo en la televisión, la pausó y contempló su rostro. ¡Qué ironía! El recordaba aquella historia de su pueblo, la de la pequeña perdida.

Tenía en aquel tiempo unos doce años, y le había conmovido la tragedia. Su madre estaba leyendo el diario y se acercó a ella, vio la imagen, y comentó que esa niña era muy bonita, y había rezado durante muchas noches, para que la encontraran.

Ahora comprendía que había estado con ella en cuerpo y alma, y se había ido, pero estaba contento por ella, finalmente estaba con su familia biológica, era un hecho que debía olvidarla.

—¿Bel?... la cena está lista. ¿Puedes bajar? —exclamó Laura y en unos minutos Isabel bajaba por las escaleras. Observó desde la altura todo lo que alcanzaba a ver.

—¿Esa bebé del cuadro soy yo? —preguntó al acercarse.

—Sí, cariño eres tú, contratamos un fotógrafo para una sección de fotos, tenías seis meces —comentó Laura con una sonrisa en los labios.

—Te mostraré después de cenar otras fotografías —alegó ella.

En la mesa eran los tres de nuevo como antes, el doctor Benjamín las observaba tal como si estuviera en un sueño, era feliz de nuevo. Cuando veían las fotografías, el padre ordenó la mesa.

—Te revisaré ese raspón en la frente cariño, le pondré algo y mañana amanecerá mejor.

—Está bien —respondió ella.

—El doctor Benjamín la curaba y le encontró más cortaduras y observó unos moretones en sus brazos.

—¡Ah!, ¿quieres que vayamos mañana a una clínica para una revisión? —le preguntó contemplando un nudo en su garganta. No era nada fácil verla lastimada, su primera impresión al verla en la estación en realidad había sido fatal, parecía que acababa de salir de una película de terror, no sabía ni cómo tocarla sin lastimarla.

Le ofrecieron llevarla a un hospital pero ella se negó, sólo deseaba estar en un mejor lugar y disfrutar de una ducha.

—Papá estoy bien —dijo ella y tomó su mano y eso lo regresó y de inmediato se sintió feliz, no esperaba un acercamiento de ella.

—Eras una bebé encantadora —siguió Laura y le enseñó un álbum de fotografías e Isabel estaba asombrada.

—Mañana vendrán tus abuelos a verte —le comunicó Laura.

—¿Tengo abuelos? —preguntó Isabel.

—¡Claro! Mis padres, y están muy contentos con tu regreso, y locos por verte.

—El próximo domingo haremos un brindis, como una bienvenida para ti — Si estás de acuerdo —aclaró Laura.

—No hay problema, mamá —declaró ella.

—¡Vaya! — ¡Me encanta que me llames así! Hija mía —dijo Laura y contuvo su llanto.

—Eso eres, mi madre, ahora debo acostarme, me siento muy cansada — ¿creen que puedan prestarme un teléfono?

—Puedes usar la línea baja, la llevaré a tu habitación.

—Mañana te compraré un celular —dijo su padre.

Isabel necesitaba hablar con Leticia, la llamó con afán de escucharla.

— ¿Hola?...

—Leti, ¡qué bueno que me contestas!, soy Mariel, digo Isabel — aclaró ella.

—Amiga, creí que ahora me olvidarías y que ya no me buscarías —explicó Leticia.

—¿Estás loca? tú siempre serás mi amiga, y más que eso una hermana —declaró Isabel.

— ¡Qué alivio entonces! — Cuéntame cómo te está yendo con tus padres —dijo Leticia.

—Bueno, aún estoy muy asombrada, ver mis fotos de pequeña, mi habitación y mis cosas me ha impresionado, pero no recuerdo nada de esto. Sin embargo en cada rincón de la casa siento la sensación de haber estado antes.

—Seguro con el tiempo me sentiré mejor, no lo sé, no entiendo lo que me sucede, me siento triste sabes.

—Hay alguien que ha estado dando vueltas en mi mente, Alejandro, yo... lo extraño y lo necesito. ¿Crees que estoy enamorada? ¡Qué miedo! Tal vez deba ir al doctor —alegó Isabel con gracia.

—¡Dios mío! No puedo creer que digas eso, pero me alegra.

—No estás enferma, estás enamorada. Ese hombre te ama Isabel, deberías buscarlo y decirle lo que sientes

—Él estuvo pendiente todo este tiempo de ti, me ha estado llamando, y solo una persona que te quiere se preocupa por ti.

—No lo sé, lo pensaré, hablamos luego —dijo Isabel finalizando la llamada.

Cuando Isabel se dispuso a dormir, su madre tocó la puerta y entró.

—Solo... quería desearte las buenas noches —le dijo, la acobijó y le dio un beso en la frente.

—Te amo Isabel, que amanezcas bien mi pequeña.

—Hasta mañana mamá —indicó ella.

Y esa fue su primera noche ahí, el Dr. Benjamín como Laura, se tomaron libre unos días, para estar al máximo con su hija.

Al día siguiente llegaron sus abuelos, y lloraron de emoción al conocerla. El señor pasó rato contándole historias y anécdotas, era Alemán y tenía una granja en campo, había venido desde allí con su mujer exclusivamente para verla a ella.

La abuela simplemente estaba feliz con el milagro de su llegada. No podía parar de mirarla y le repetía una y otra vez que era hermosa.

Capítulo nueve
LA VERDAD

A la casa llamaron de diferentes canales de noticieros, para interrogarlos, pero no deseaban hacerlo. Sin embargo los periodistas llegaron hasta su casa, y entonces los padres tuvieron que dar su testimonio.

El país estaba conmovido por el regreso de Isabel. Se la había visto por el centro, la playa, en algunas tiendas y lugares de comidas.

Las personas le tomaban fotos, compartían en las redes sociales, y la gente hablaba de su belleza, y especulaban sobre su pasado, pero nadie tenía ninguna certeza.

Aquel hombre que Isabel había ilusionado para convencer a Elena, la reconoció. Estaba algo molesto, pero al ver de cerca su imagen en el diario, la acarició y prefirió quedarse callado en lugar de difamarla, **debemos saber perder, pensó y bebió su mejor bebida en la soledad.**

El padre de Elena también estaba completamente asombrado, lloró al par que Carmen por lo que le hicieron a Isabel, era increíble, ésta vez no fueron a verlos, ni dar la cara por ellos, ni siquiera Carmen por su hijo.

Ya era hora que comenzara a responsabilizarse por sus acciones, pero en el juicio quizá, iría a verlo para despedirse de él, pensaba Carmen.

Pensaban que ahora nunca más sabrían nada de Isabel, sin embargo, ella los llamó una mañana, era como si supiera lo mal que se sentían, ambos se disculparon por no haberla ayudado e Isabel les dijo que no fue culpa de ellos. Después de unas cuantas palabras habían terminado esa linda amistad.

Ahora la habitación de Isabel estaba equipada acorde a sus gustos, sin embargo seguía teniendo la misma sombra de tristeza. Esa mañana del viernes suspiraba como de costumbre.

—Le encargaré jugo de frutas a María, ya vuelvo —dijo Laura y se quedaron a solas Isabel y su padre en el jardín.

—Hija; tu madre se ha esforzado para verte feliz, pero tú sigues con la misma seriedad con la que llegaste.

—No es que nos moleste, no lo tomes a mal, sólo si algo va mal, por favor sólo dilo.

—puedes decirnos lo que sea Bel, somos tus padres, confía en nosotros.

—Puedes hablar con tu madre, como una amiga sabes.

—Ella siempre ha soñado contigo, hacer cosas juntas como amigas, tener esa unión que solo puedes tener con una hija. De hecho así eran antes cuando eras pequeña.

—Está bien, lo haré papá —respondió ella pensativa.

En unos minutos llegó la madre con la jarra de juego, y mientras cargaba los vasos Isabel habló.

—Mamá; ¿podemos hablar? —preguntó y Laura dejó todo aquello y se sentó frente a ella. Los dos padres se acomodaron atentos, con toda la atención del mundo.

—¡Ah!, yo... estoy agradecida con ustedes.

—Me han tratado como a una reina, nunca había tenido tanta atención.

—Decidí conservar todos los peluches, porque me gusta verlos antes de dormir

—Cuando era niña, no podía tener juguetes porque a Elena no le gustaban, y el señor esposo de ella me regaló un día un mono a escondidas y debía esconderlo.

—Solo podía disfrutarlo cuando ella se ausentaba y ahora tengo a montones.

—Poseo mucho más de lo que podía imaginar.

—Sin embargo no me siento feliz.

—No quería que se pusieras tristes también, así que lo callé —confesó Isabel.

—Dinos lo que necesitas, lo que te impide estar bien mi princesa —añadió la madre y tomó sus manos.

—Yo... salía con un chico en Asunción.

—Lo conocí en el bar, donde trabajaba.

—En un principio lo veía a escondidas, pero pronto Elena lo descubrió.

—Cuando eso su esposo aún vivía, Alejandro llegaba entonces a la casa con permiso de ella, pero cuando falleció Julio, que era supuestamente mi padre, ella dejó de controlarse.

—De inmediato me exigió que le hiciera pagar las cuentas. Luego cualquier capricho suyo, cada vez era más.

—Ella lo controlaba todo, tanto que aquella relación se volvió lo que ella quería.

—Yo hacía, y decía lo que ella me indicaba.

—Lastimé a ese hombre que nunca me había hecho nada malo.

—Le dije que nunca lo había querido y justo antes de eso, le pedí que pagara una gran suma de unos 6,500 dólares que Julio había dejado.

—Él lo hizo a pesar de lo que yo le había hecho, canceló la cuenta sin decir nada —explicó Isabel

—Con el tiempo algo cambió en mí, es como si antes estuviera cerrada al amor.

—Pero de pronto me sentí más liviana y lo extrañé.

—Yo quiero verlo y disculparme —declaró Isabel y al tiempo sentía un gran alivio al hablar de aquello.

Los padres la escuchaban impresionados acariciando su mano, mientras ella hablaba.

—Tengo algo más que decirles.

—Lamento tanto defraudarlos, sé que me ven como su niña pequeñita pero...

—He crecido mamá, y papá y...

—Estoy embarazada —confesó Isabel un tanto avergonzada.

El Dr. Benjamín y Laura se quedaron en silencio unos segundos asimilando aquello y mirándose el uno al otro con lágrimas, y luego la abrazaron.

—¡Dios mío! Mi princesa eres nuestro sol, tú jamás nos defraudarás.

—Gracias por haberte abierto ante nosotros, todo estará bien —dijo la madre llenado su rostro de besos.

—¡Santo cielo Laura!, seremos abuelos, creo que no podría ser más feliz —comentó su padre.

Y entonces Isabel comprendió que tenía el amor absoluto de sus padres, ya no tenía miedo.

—Papá, debo volver a Asunción, deseo hablar con Alejandro, y también quiero despedirme de Elena —confesó ella y de momento eso cambió el rostro de su madre.

— ¿Qué? ¿De esa mujer? Pero… ¿Por qué? —le preguntó su madre alterada, aquella mujer sin duda era su peor enemiga, la persona que le había robado a su hija y con eso un trozo agigantado de su vida. Ella era la mujer que había lastimado a su hija.

Dormir en las noches se había vuelto un problema desde que se habían llevado a su niña, y ahora que ella estaba de vuelta, aun no podía superarlo. Se pasaba horas pensando en esa mujer y lo que ella le hizo a su hija.

Veía su rostro en el diario, sus ojos que expresaban maldad y la odiaba y también a Édison. No podía verlos sin asociar todo lo que le habían quitado esos años. Cosas que ya no podría recuperar.

Algún día, quizá cosas nuevas y maravillosas opacaran esos años de sufrimiento, y terminaran aquellos sentimientos, pero ahora las heridas eran profundas.

—Ella es mí pasado mamá, sólo quiero cerrar ese capítulo de mí vida.

—Escuché que la derivaron a la cárcel de mujeres, donde aguardará el juicio —continuó Mariel.

—Yo, te llevaré hija —declaró el Dr. y tomó la mano de Laura.

—Estará bien —le dijo con un gesto en los ojos.

—Papi, me gustaría ir sola, ustedes pueden buscarme de la terminal cuando vuelva.

—Me he dado cuenta que tienen miedo a que me pierda otra vez, nunca me dejan sola.

—Deben superar eso, yo no volveré a dejarlos, ¡estaré bien!

—Los llamaré cuando llegue, más bien ustedes quédense a disfrutar la privacidad, ámense, hagan algo divertido juntos —dijo Isabel y Laura miró a su esposo, luego la abrazaron.
—Está bien, por favor cuídate mi amor, te extrañaremos muchísimo —expresó Laura.
—La próxima semana, debes ir a una escuela de conducir, puedes manejar el auto de tu madre mientras —dijo el padre.
—Bueno papá, y también debo averiguar qué pasará con mis estudios, me faltaba pocos exámenes para terminar administración.
—Ok, nos encargaremos, pero Bel, mira... yo tengo un chofer de confianza que puede llevarte adonde quieras.
—No vayas sola, mi princesa.
—Por favor —le dijo su padre.
—Bien, tú ganas papi, dile que venga mañana a las siete.
—Lo llamaré ahora mismo —declaró el Dr.
—Bel, serás una gran madre, ¿sabes? Y yo estaré allí para ayudarte —anunció Laura.
—Gracias mamá.
—Y tú Tomás, serás un gran hermano. ¿A que sí? —expresó Isabel acariciando a su perro, mientras Laura la miraba con una sonrisa en los labios.

Capítulo diez
EL AMOR

A la mañana siguiente, Isabel estaba lista para el viaje.
—Bel mira: creo que lo correcto es que le devolvamos a ese hombre aquella suma que pagó al banco.
—Le haré un cheque, dile que ese dinero le pertenece.
—¿Estás seguro? —preguntó ella.
—¡Claro!, es suyo, ese hombre trabajó para conseguirlo.
—Siempre debes hacer lo correcto hija —alegó el e Isabel lo observaba con atención. Luego la vieron marcharse con los ojos brillosos.
En el viaje explorando el paisaje, Isabel se había quedado dormida y así acortó el tiempo que duraba el camino hasta la capital.
Horas más tarde, el cielo estaba nublado, las nubes oscuras se entrecruzaban, y pronto comenzó a llover.
—Señorita Isabel, está lloviendo, por suerte tengo un par de paraguas, en el baúl.
—Me bajare, y las traeré luego la acompañaré —dijo el joven conductor.
—Raúl gracias, pero me apetece mojarme un poco.
—Déjeme aquí, yo caminaré.
—Puedes irte, yo te llamaré cuando haya terminado —declaró Isabel.
—¡Ah!... está bien.
—Entonces vigilaré que llegues bien, luego me iré —anunció el chofer.
—Está bien —dijo ella y se bajó.

Alejandro estaba junto a su escritorio terminando unos pendientes en la computadora. En el ambiente sonaba melodías románticas cuando llamaron en su puerta.

Estaba con jeans y sin remera, tenía por seguro que era su amigo que debía traerle un folleto de trabajo. Abrió la puerta listo para molestarlo por venir en plena tormenta, pero sus ojos encontraron a Isabel empapada y se llenó de impresión.

—Hola...

—Hola ¡ah! ¡vaya!... estas toda mojada, pasa por favor, te traeré una toalla —dijo Alejandro e Isabel entró.

En unos segundos regresó él y le pasó la toalla, pero ella no la tomó.

— ¿Me puedes secar tú? —le preguntó.

Alejandro la miró de arriba abajo. Tenía un vestido corto de color blanco que con el agua se había vuelto casi transparente mostrando el broderí de su brasier.

—Bueno —dijo y mientras le pasaba la toalla Mariel lo observó asombrada comprendiendo sus sentimientos. Él la hacía sentir protegida y segura como si todo estuviera bien, porque él estaba ahí.

—Bueno, tendré que secar tu ropa, no quiero que te enfermes, pero dime ¿qué haces aquí? —interrogó Alejandro apoyando una mano en el escritorio.

—Quería hablar, bueno si quieres escucharme claro —dijo Isabel mientras observaba su pecho y el marcado de su abdomen.

—Está bien, toma asiento y hablemos.

— ¿Aquí, como un cliente? — ¿No vas a invitarme a pasar?

— Acaso... ¿me temes? —siguió Isabel.

El la miró con una media sonrisa, y la invitó a pasar a la sala estar.

—Bueno, y dime:

— ¿Cómo estás? Lamento lo de Elena y todo lo que ha pasado —dijo él y se acomodó en el sofá.

—Ahora estoy bien, en fin yo... vine a disculparme.

—Ah, no debí decirte las cosas que te dije —confesó Isabel.

—Solo fuiste honesta, eso está bien, no te preocupes por mí.

El color de sus ojos

—No debes sentir pena ni nada de eso —expresó el y no podía quitarle los ojos de encima, observaba sus ojos verdes, el rosa de sus mejillas, su boca y sus mechones que caían mojados sobre sus senos.

—Alejandro, yo no siento pena por ti...

—¡Vaya! ¡Lo siento! Te juro que me cuesta concentrarme contigo mojada frente a mí.

—Creo que te traeré una camisa —dijo él y se puso de pie. De seguido Isabel se levantó y se interpuso delante de él, observó sus ojos, acarició sus brazos con la punta de sus dedos. Puso una mano bajo su cuello, y la deslizo hacía abajo.

—¿Qué haces?...

—¿Por qué haces esto? —le preguntó el en lo que su respiración cambiaba y la erección se le notaba.

—Tú juegas con mis sentimientos —continuó Alejandro.

—No estoy jugando —dijo ella y comenzó a besar su cuerpo. Cuando lo llevó a la cumbre del viaje del placer, se puso de pie, y lo empujó al sofá iniciando de seguido la penetración en su máximo esplendor.

—Yo te amo —le dijo Alejandro e Isabel ésta vez le respondió:

—yo también y el amor se sentía intenso hasta que ambos contemplaron el abismo de un clímax. Ahora Alejandro la tenía reposando sobre sus piernas, y pensaba que todo había acabado de nuevo, pero Isabel tomó su mano y la acomodó en su pecho.

Estaba quieta y callada como siempre, pero nunca antes había permanecido en sus brazos y mucho menos tocándolo. Entonces él le habló.

—¿Por qué dijiste eso? ¿Es verdad? —¿Me amas? —le preguntó.

—Es verdad, yo te amo Alejandro.

—Reconozco que te fallé, no podía entregarme del todo, no podía creer en ti, aún me cuesta, pero he cambiado un poco, y puedo ser honesta ahora.

—Desde que salí contigo no he estado con ningún otro hombre.

—No tenía ninguna intención de tener otro fastidio en mi vida en ese entonces —dijo ella y sonrió, luego siguió.

—No eres eso, eres mi amor. Lamento los malos ratos que te hice pasar, pero si no quieres volver a tenerme como novia lo entenderé y esto no se repetirá.

—Seremos uno de esos padres separados, con un hijo en común, sólo eso.

—¿Un hijo? —interrumpió Alejandro confundido.

—Estoy embarazada —confesó Isabel y Alejandro la miró absorto. Luego se levantó y la alzó lleno de felicidad emitiendo un grito.

—¡Seré padre! ¡Ah!

—Esto es más de lo que esperaba de la vida, un hijo con la mujer que amo.

—Alejandro, mi amor ¡te amo! —le dijo Isabel

—Yo te amo más, y definitivamente adoro que me llames "**mi amor**" —confesó él, luego la llevó a la cama en sus brazos, y se acostó a su lado.

—Entonces… ¿crees que podamos empezar de nuevo?

—Esta vez sin mentiras y sin juegos —planteó Alejandro.

—Está bien, trato hecho —yo soy Isabel —le dijo ella.

—Yo me llamo Alejandro, y estoy loco por ti Isabel —expresó el mientras la observaba acariciando su mano.

—Mi amor, se me acaba de ocurrir que mañana podríamos ir a almorzar con tus padres.

—¿Te gustaría? —le preguntó Isabel.

—Claro que sí amor, mis padres se pondrán locos cuando sepan que tendremos un bebé.

—Alejandro; yo quiero cazarme contigo y formar una familia, pero no puedo dejar a mis padres, imagina que han vivido una vida sin verme, no puedo separarme de ellos ahora —dijo Isabel.

—Está bien, lo resolveremos amor, ahora debo llamar a mis padres.

Isabel lo observaba hablar con su madre emocionado, ahora se sentía distinta, como si tuviera el pedazo que le faltaba.

Después de largas conversaciones y risas, almorzaron juntos y luego Isabel, le contó que iría a ver a Elena a prisión, explicando del porqué.

—Entonces llamaré al chofer que me trajo, para que me lleve —alegó ella.

El color de sus ojos

—¿Chofer? —El chofer aquí solo puedo ser yo señorita Isabel —dijo él con gracia, ella sonrió y le marcó a Raúl para avisarle que ya no lo necesitaría por el momento, y que podía volver a Encarnación.

Luego llamó a su padre, y le dijo que se iría al día siguiente con Alejandro y que no se preocuparan, el Dr. Benjamín la pasó con su madre, que deseaba con afán saludarla, e Isabel se sintió más que feliz.

—Casi lo olvidaba, mi padre te envió un cheque para devolverte lo que habías gastado por la casa donde vivía.

—Me has impresionado. ¿Sabes? —dijo ella y le pasó el cheque.

—Y cómo permitir que te quedaras sin tu casa, así lo vi en ese momento.

—Dile a tu padre que no puedo aceptarlo —declaró el.

—Sí, lo harás.

—Tómalo mi amor, es mucho dinero que usaste de tus fondos, solo devuélvelo a tu cuenta y ya.

—Ok, lo tomaré —dijo él e Isabel se cambió de ropa y en unos minutos estaba lista para ir a ver a Elena.

En el camino apoyaba la cabeza en su hombro y acariciaba sus piernas. Ahora Alejandro sentía ésa unión que siempre había soñado, el apego y el contacto que transmites y vives cuando estas completamente enamorado; o de otra forma se lo podía llamar interés o simplemente amor, y eso es lo que das, lo que sientes.

—¿Puedo acompañarte amor? —le preguntó Alejandro.

—No, mejor espérame aquí, sólo será un momento— respondió ella.

Isabel entró a la penitenciaría tranquila, finalmente no tenía miedo. Le informaron que Elena estaba en seguridad máxima, sin poder salir al patio, porque había sido amenazada por otras reclusas, y por su bien era mejor estar tras las rejas constantemente.

En unos minutos Isabel entró en el pabellón donde se encontraba Elena, una oficial la llevó hasta ella. La vio sentada sobre las tablas de la parte baja de una cama litera, no tenía colchón, solo retazos de trapos en partes. Ella tenía la vista lejana y estaba quieta.

—Hola Elena, he venido a verte —saludó Isabel.

—¿Cómo has podido hacerme esto después de todo lo que he hecho por ti? —le dijo Elena sin mirarla.

—Elena, tú te has hecho esto sola. Las malas acciones tienen consecuencias. ¿No?

—Recuerda; tú y Édison me secuestraron, me alejaron de mis padres.

—Entonces no me has robado solo a mí, sino también a mis padres. Nos has robado la vida que teníamos.

—Tres vidas arruinaste... ¡me impresionas!

—Pero nosotros tenemos otra oportunidad ahora para empezar, y debemos vivir con lo que nos has hecho.

—Tú eres malvada Elena, y siento pena por ti.

— ¿Sabes por qué?

—Porque tú no puedes sentir emociones "Amor" ¿no lo conoces verdad?

—No sientes compasión, ni arrepentimiento por nada. Eres una mujer vacía y sola.

—Solo mira a tu alrededor.

— ¿Ves dónde has terminado por tus acciones?

—Se te ha terminado el tiempo, y no has hecho nada bueno en tu vida.

—Pero no vine a decirte quién eres ni a pelear contigo, vine más bien a despedirme —anunció Isabel. Entonces Elena liberó un largo suspiro y habló.

— ¡No! No me dejes Mariel, piensa — eres como yo después de todo.

—Yo soy tu madre, yo te formé y tu padre mi esposo estuvo de acuerdo.

—El sugirió una niña de escasos recursos, pero Édison te escogió a ti, no es mi culpa —declaró Elena.

—Elena, no eres mi madre, tu esposo no fue mi padre, ni soy como tú.

—Deseo que encuentres la forma de cambiar, podrías comenzar por creer en Dios, en ti y las personas.

—Y si eso no puedes hacer, entonces te espera un infierno de vida.

—Yo te perdono, aunque no te hayas disculpado, perdono todos tus castigos que me hacías de niña, lo que me decías, y lo que nunca me dejaste decir.

—Debo hacerlo porque de lo contrario, no podría seguir y yo deseo vivir —dijo Isabel y unas lágrimas rodaron bajo sus ojos, luego respiró profundo y siguió.
—Ahora debo irme.
— ¡No Mariel! No te vayas —insistió Elena.
—Elena; yo soy Isabel Bojanich, recuérdalo.
—Tú asesinaste a tú hija Mariel, cuando era apenas un bebé. Lo hiciste porque era hermosa y casi sentiste algo por ella, entonces te asustaste y la mataste.
— ¿Verdad?
—No has podido ser madre, ni esposa, ni una buena hija.
—Ahora estás sola —declaró Isabel.
—Tal vez, pero tú nunca me olvidarás —comenzó a hablar Elena y ahora la miraba justo a la cara.
—Te seguiré...
—A donde vayas, ahí yo estaré, te hablaré aun cuando no quieras oírme.
—Mi voz sonará en tu mente y tú me escucharas —dijo Elena con una sonrisa atemorizante, mientras Isabel la observaba atónita y al tiempo se disponía a salir, pero Elena sacó el brazo entre las rejas y la tomó con fuerza de la ropa.
—Tú tienes algo nuevo, pequeña zorra — ¿Cuál es tu secreto?
— ¿Ah? —le preguntó e Isabel se quedó quieta observando sus ojos.
— ¿Crees que serás mejor madre que yo? —interrogó Elena en lo que llegó la mujer policía y liberó a Isabel de sus manos.
—Definitivamente seré mejor madre que tú Elena —le dijo Isabel y la guardia la acompañó a la salida, mientras escuchaba sus gritos.
De pronto sintió escalo frío en sus brazos, en lo que caminaba. ¿Cómo lo supo? Bueno le había dicho lo que quería al menos, ahora podía dejar eso atrás pensaba.
Al subir al auto, abrazó a su novio y eso la hizo sentir mejor, de ahí volvieron al departamento, y pasaron el rato abrazados, imaginando lo que harían.
En la noche compartieron el tiempo con Leticia, quién estuvo feliz de la reconciliación, y se apuntó como madrina del niño en camino.

Esa noche pasaron juntos, pero ésta era la primera, donde vivieron cada segundo en mutuo amor. Cuándo la tenía en sus brazos, Alejandro comprendió que ya no podría vivir sin ella, debía encontrar la manera de estar a su lado.

Laura por su parte aprovechando la ausencia de Isabel, le envió un texto a su amigo Robert y salió a su encuentro en el jardín. Desde la ventana del segundo piso el Dr. Benjamín los observaba hablar.

Mientras algunos gozaban del amor joven e intenso, cargado de sueños y esperanzas, otros lo perdían todo. Las palabras de Isabel resonaban en la mente de Elena.

Ahora que lo pensaba, era verdad todo aquello, nunca había podido sentir afecto. ¿Quién era entonces? Sólo un ser despreciable y solitario. Era tan miserable que ni siquiera podía llorar, pero sí sentía un gran arrepentimiento de sus acciones.

La única persona amable, que la había amado y aceptado sin importar nada, había sido su esposo. En su delirio lo vio llegar, él abrió la reja, le dio una soga y se sentó en la cama a esperarla.

Elena le sonrió, ya no estaba sola, pronto su miseria acabaría. Puso sus pies sobre el inodoro, entrelazó la cuerda a los barrotes del techo, y se colgó.

Cuando llegaron los guardias, se apresuraron en abrir la celda. Entonces vieron a la reclusa colgada. Aparentemente había usado retazos de sabana añadidas, la bajaron con cuidado, pero ya era muy tarde.

En el jardín de Laura, Robert observaba cómo habían brotado las plantas de orquídea, que le había regalado, y más adentro estaba guardado el auto del Dr. Benjamín.

Robert la observó sintiéndose traicionado, y sabía por las noticias que su hija había vuelto, eso lo arreglaba todo. Solo esperaba estúpidamente escucharlo de su boca, que ya no había lugar en su vida para él.

Al fin y al cabo había sido sólo un pañuelito de lágrimas todo ese tiempo, un amigo, un amante que no debía sentir porque estaba ocupando un lugar que no le correspondía. Tal vez, ella sólo se sentía sola, y él era el tonto que estaba justo ahí, pero era tan fácil y tan cómodo imaginar que eso se volvería algo oficial, algo real, que no le importaba nada más.

El color de sus ojos

—¿Y cómo estás? —¡Ah! felicidades por el regreso de tú hija —dijo él y sus ojos brillaban junto al farol del de la esquina.

—Gracias, Robert.

—Yo, siento no haberte llamado antes —confesó Laura.

—No te preocupes, era un momento de familia.

—Los he visto en la televisión, abrazados y contentos. ¿Quién soy yo para molestarme?

—Pero te confieso que desee estar contigo en ese momento, darte mi apoyo, pero es evidente que no era mi historia contigo, sino la de tu esposo.

—Robert, por favor no te pongas así, es mi familia.

—No puedo darle un golpe, ni una decepción a mi hija.

—Debo enseñarle que el matrimonio va mucho más allá de los problemas, tú encontrarás una mujer mejor que yo —alegó ella.

—¡Laura no me digas eso! No lo quiero escuchar. ¡Mierda! No puedes dejarme porque tu hija apareció y el idiota de tu esposo aprovecha la oportunidad. ¿No lo ves? —insistió Robert.

—Robert, esto es lo que yo necesitaba, yo no he olvidado Benjamín, no puedes entenderlo, lo que pasó entre él y yo es complicado. ¡Lo siento! Siento en verdad haberte hecho pensar que llegaríamos a algún lado —le dijo Laura.

—¿Escoges al arrogante ese entonces?

—Pues, no tengo más que desearles la dicha de la felicidad.

—¡Felicidades Dr. Benjamín! —gritó elevando su mirada a las alturas y el cerró las cortinas, cargó su vaso de vino y encendió su equipo de música, colocó un disco con cuidado, y a los segundos sus músicas favoritas sonaron, aquellas de su época y juventud.

En seguida entró Laura con el rostro serio y lloroso. Se acercó a la mesa, y se sirvió de la botella que él había abierto.

—¿Te acuerdas de esta música? Sonó en la fiesta de nuestro casamiento.

—¿Te gustaría bailar conmigo? —estás tan hermosa como el día que te conocí —dijo el Dr. Benjamín.

Laura se acercó a él, y se dejó llevar por la melodía de aquella canción romántica. Se vio de vuelta joven, y enamorada, recordó su romance con su esposo, el nacimiento de su hija, sus alegrías y lo besó como si nunca se hayan distanciado.

En segundos lo dirigió al cuarto, y en la cama recobraron el tiempo perdido, el amor era más fuerte.

— ¡Perdóname! —le dijo Laura entre lágrimas.

—Yo siempre, te he amado Laura —respondió el.

—Yo también te amo Benjamín —alegó Laura y una historia más comenzaba en el somier de un matrimonio de más de 20 años de casados.

Eran casi las doce del día siguiente y Teresa la madre de Alejandro, estaba vigilando la entrada de su casa.

— ¡Manuel! — ¡Han llegado! —dijo ella emocionada.

—A ver con que cuento sale ahora —comentó el señor

—Manuel, no seas así, nuestro hijo trajo a su novia, y la estoy viendo justo ahora.

—Es una mujer bellísima, por favor no hagas comentarios acerca de su secuestro cariño.

— ¡Hola mamá y papá! —saludó Alejandro al entrar.

— ¡Al fin llegan! —dijo la madre, luego los abrazó alegremente.

—Mi querida nuera, ésta es tu casa, ponte cómoda—alegó ella.

— ¡Gracias! —expresó Isabel tímida.

— ¿Cómo estás hijo? ¿Y tú niña linda? —preguntó el padre y el saludo duró unos cuantos segundos, eran amables y atentos que Isabel se sintió como en casa.

—Hijo: tienes una novia hermosa, debes cuidarla —le dijo su padre mientras Isabel se encaminaba a la cocina.

—Sí papá, pero déjame decirte que Isabel y yo estamos muy enamorados, digo; sé que me has visto sufrir, y estarás pensando quién sabe qué cosas, pero los problemas que teníamos antes, han sido sólo por confusiones por consejos ajenos, ella es la mujer para mí y nos casaremos.

— ¡Ah! eso está muy bien, es sólo que creí que... ¡tú sabes! Que era una chica digo, para nada serio —siguió entre tartamudeos.

El color de sus ojos

—¿Qué dices papá? En fin, espero de verdad que te alegres por mí y te acostumbres a la idea y debes saber que tendremos un hijo —serás abuelo —le informó el, sin más rodeos y entonces el señor lo miró diferente.

—Me alegra que hayas encontrado una compañera y ahora tú serás padre —dijo y sus ojos se llenaron de lágrimas que no pudo evitar darle unas palmaditas en la espalda y Alejandro sonreía.

—Sabes hijo, esa mujer que tenía a tu novia, ha muerto anoche, salió en la televisión, ella se suicidó.

—¿Isabel ya lo sabe?

—¡Cielos!, no, no sabe, se lo diré en privado luego papá.

En unos minutos, el tema de conversación en la mesa era el bebé que venía en camino, todo era alegría y emociones. Alejandro estaba impresionado con los cambios en su vida, de pronto se quedó en silencio, sólo observando y contemplando las risas de sus padres y la de su amada.

Después de hacer una llamada a sus padres, Isabel les hizo una invitación al evento familiar que se llevaría a cabo esa noche, eso lo conmovió aún más.

En la tarde, la llevó a su casa, donde conoció a sus padres. El Dr. Benjamín lo invitó a quedarse, conversaron y en minutos era como si se conocieran de toda la vida, lo que más le gustó de él, eran aquellos comentarios e ideología de justicia que hacía notar que era un buen hombre.

En cierto momento Alejandro le mencionó sus intenciones de matrimonio con su hija, a lo que respondió que ya se lo esperaba, y era mejor acelerar las cosas.

El Dr. Benjamín tenía una mescla total de sentimientos, estaba conforme con el hombre para su hija, era un hecho, pero no dejaba de pensar que la había disfrutado poco, como su pequeña niña.

Sin poder evitarlo la observaba desde su sillón, a cierta distancia en el jardín. Estaba hablando con Alejandro, se encontraban sentados en la hamaca frente a la fuente. Ella lo abrazó y permaneció en sus hombros, parecía triste, debió enterarse de la muerte de Elena.

En verdad quería ir a consolarla, pero ya no era necesario, porque ya había crecido, entonces sonrió cargado de nostalgia, y esperó que Alejandro le quitara de vuelta una sonrisa, y así mismo fue. Ahora entendía que debía ayudar sólo cuando fuera necesario, estar pendiente, pero desde su lugar, y observar desde allí.

Cuando Alejandro se despidió, comenzaron a venir algunos mozos y Laura los dirigió a la cocina.

—¿Papi, estás bien? —le preguntó Isabel.
—Estoy bien mi princesa. ¿Por qué lo preguntas?
—No lo sé, te quedaste callado desde hace rato.
—Creí que algo te molestó —aclaró ella.
—He tenido demasiadas sorpresas, eso es todo.
—Papá, yo quería decirte que nunca te dejaré.
—Me casaré sí, pero deseo vivir lo más cerca posible de ustedes. La casa de al lado está a la venta.
—¡Cómo me gustaría poder comprarla! —¿Te imaginas si pudiéramos? Estaría a un paso, nos veríamos todos los días.
—Me encantaría eso —dijo él con los ojos brillosos.
—Me llevará tiempo asimilar que eres una mujer y tendrás tu propia familia, mi amor.
—Es que te veo, y mis ojos me mientes. ¿Sabes?
Te miro, y te veo a pequeña aún.
—Papá, yo te amo —expresó Isabel y lo abrazó y entonces se llenó de alegría.

Pronto había llegado la noche, y comenzaban a llegar familiares y amigos cercanos. La casa estaba iluminada y ambientada con una melodía que empañaba el alma, de amanecer, el regalo de la vida, poder sentir, poder amar y soñar. El amor y la dicha de la felicidad se reflejaban en los ojos del doctor Benjamín.

Cuando todos estaban en la sala, entrecruzando palabras, de pronto voltearon a ver a una dama de rojo al final de las escaleras, a su lado cual guardián su compañero Tomás, ella observó de lado a lado mientras todos la miraban con atención.

Había estado perdida durante tantos años, ahora estaba allí. Su belleza deslumbraba en su perfección, sus ojos brillaban como estrellas y sus dedos reposaban sobre el pasamanos en lo que descendía lentamente por las escaleras.

El color de sus ojos

Al tiempo Alejandro entró y sus ojos se quedaron clavados en ella, observándola con una sonrisa, aun parecía incierto todo pensaba, pero ella estaba justo ahí.

Al terminar los escalones, alegre observó a los presentes y saludó. Entonces se presentaron ante ella, algunos primos, una tía, amigas de Laura, algunos colegas de su padre, su secretaria Alicia, todos la miraban asombrados.

—Mi nieta querida, eres un sueño ante mis ojos —dijo la abuela y luego siguió.

—Veía a tu madre llorar a diario, entonces pedí solo un deseo para mi vida, uno y nada más, que regresaras y mi hija volviera a ser feliz.

—Ahora es una realidad, ya me puedo dormir en paz —dijo ella.

—Abuelita, no diga eso, usted vivirá muchos años —alegó Isabel y sintió la calidez de su mano tibia. Alejandro se acercó a ella y la besó, conoció al resto de su familia junto con sus padres.

Las mesas se habían puesto en el jardín y de a poco fueron acercándose a ellas. Al rato Alejandro vio conversando a su papá con el Dr. Benjamín amistosamente, mientras Isabel hablaba con sus primas se apartó de ella, y se sentó a lado de su padre.

Observando el lugar, vio llegar a un joven alto y delgado. La madre de Isabel lo recibió, y lo llevó a saludarla, en su mano tenía un gran ramo de flores, y se la entregó a Isabel.

—¡Ah!, ese muchacho que está con mi hija, era su compañero de la guardería, tienen la misma edad, vive cerca de aquí.

—Cuando se enteró que había vuelto, quiso venir a saludarla.

—Eran muy amigos en aquel entonces, lo hacían todo juntos —dijo el Dr. Benjamín.

—¡Ah! con permiso —alegó Alejandro apenas, se puso de pie y se dirigió hacia ellos. Mientras caminaba observaba sus rostros alegres, la forma que el la miraba, conversaban como si fueran grandes amigos y no podía evitar sus celos.

—Te veo y me parece increíble que estés aquí, déjame tocarte para comprobar que no eres un fantasma —dijo el joven y le acarició el brazo con los dedos .

—No soy un fantasma. ¿Lo ves? —respondió ella.

—¡Ah!... ¡buenas noches! Isabel; ¿puedo hablar contigo?

—¡Hola!, ah —éste es mi novio Alejandro y él es José, un amigo amor —le dijo Isabel.

—Soy tu prometido Bel y… ¿crees que podamos hablar en privado?

—¡Oye Isabel!, disculpa que te lo diga, pero eres muy joven para casarte — ¿No crees? —alegó el joven con gracia ignorando a Alejandro.

—Tal vez bueno, ¡nos vemos! —terminó Isabel y se dirigió a la casa. Llegaron a la sala donde no había ningún invitado, solo algunos mozos que entraban y salían a la cocina.

—Bueno, ¿qué ocurre? —le preguntó ella.

—Isabel; no me gusta que hables con ese hombre, el disfrazado de rapero patético.

—Te ha traído flores. ¿Has visto cómo te mira acaso? ¿Ah? —Yo en verdad, no te estoy prohibiendo que tengas amigos, pero soy hombre y sé, que quiere ese tipo Bel. ¿Por qué tu padre lo invitó?

—Yo pienso que su atuendo le queda estupendo, es un vecino amor —dijo ella con una sonrisa. No podía evitar reír de su cara enojada y eso estaba muy mal pensaba, pero de pronto no sabía controlarlo.

—Tú me provocas Bel —dime, ¿Por qué lo haces?

— ¿Acaso te gusta verme molesto? —Comienzo a pensar que disfrutas verme enfadado.

—Estabas coqueteando con ese muchacho en mis narices, y sabías bien que te estaba viendo.

—Te conozco más de lo que piensas. Solo quiero saber ¡porque lo haces! —siguió Alejandro mientras Isabel lo veía fijamente.

Entonces se acercó y tomó su mano, ésta vez con el rostro serio.

— ¡Lo siento! Tienes razón, yo lo hago porque se me escapa, de pronto simplemente te olvido por un momento.

—Ni yo entiendo bien porque me gusta molestarte, y a veces lo controlo pero en otras no puedo.

—Elena está muerta, pero durante todo ese tiempo que estuve con ella, incluso desde niña, ella me enseñó incontables trucos como defensa de un hombre traicionero.

El color de sus ojos

—Porque se suponía que todos eran unos patanes, lastiman, corrompen, destruyen, y solo usan a las mujeres.

—Aún la siento aquí, aunque ella se ha ido. Lo hago porque creo que me fallarás en cualquier momento —explicó Isabel.

—Con aquella norma de tres que me dijiste aquella vez, créeme que no lo haré, pero Bel:

—Te han metido una gran mentira en la cabeza, no todos los hombres somos iguales.

—Yo no me considero un patán, siempre fui honesto en mis relaciones. No me gusta mentir, ni engañar a nadie.

—Te he abierto todas las puertas de mi vida, de mi trabajo, mi familia y absortamente todo de mi parte. ¿Qué más puedo hacer? —interrogó Alejandro fatigado.

—Yo, deseo que tú creas en mí, y me aceptes. Si me recuerdas siempre que me amas, y que soy importante para ti, si estas ahí, te juro que no te olvidaré, más seré mejor persona. —Sólo quédate a mi lado y no te fallaré.

— ¿Me aceptas? —le preguntó ella, y sus ojos brillaban.

—Te lo diré delante de mis padres y de los tuyos.

—Veo que finalmente, usas el anillo de compromiso que te regalé.

— ¿Me lo puedes devolver? —le preguntó el.

— ¿Qué?...

—Entrégamelo Bel —insistió Alejandro, entonces ella se lo quitó y lo depositó en su mano, luego lo siguió de vuelta al patio.

Los mozos estaban sirviendo la comida, el ambiente estaba más silencioso. Alejando la tomó de la mano, y terminó sus pasos al centro del jardín frente a la mesa donde estaban sus padres.

—Bueno Isabel, mi respuesta es la siguiente:

—Yo te acepto, te amo y prometo recordártelo siempre, y tú:

— ¿Aceptas casarte conmigo? —le preguntó colocando una rodilla en el suelo, mientras tenía la atención de todos. Isabel lo miró directamente a los ojos, como si sólo él estuviera allí. El tiempo se detuvo en su mente y en el silencio contempló el calor de su amor y respondió:

— Acepto —respondió ella y Alejandro le colocó la sortija en el dedo, y ésta vez Isabel lo dijo de verdad. Lo observó emocionada y lo besó, recibiendo los aplausos, y palabras de festejos de los presentes.

Todo se encaminó en la perfección después de esa noche, el señor Manuel junto con el doctor Benjamín, llegaron a un acuerdo y como un regalo de boda para sus únicos hijos, compraron la casa que quería Isabel.

La boda se celebró en una quinta, con cientos de invitados, donde las emociones se hicieron presentes. Alejandro e Isabel bailaban en el centro del salón su primera música como esposos. Luego se acercó el doctor Benjamín tomando su turno con Isabel.

—Te amo papá —le dijo ella observando el brillo en sus ojos.

—Yo te adoro mi pequeña hija, estoy orgulloso de ti —alegó el, luego Laura lo invitó a bailar.

—Mamá y papá, solo serán unos días los que no estaré cerca de ustedes.

—Mejor aprovechen mi ausencia, hagan algo divertido —les dijo Isabel con una risa cómica.

—Está bien hija, estaremos bien —aseguró la madre y pronto se marcharon de la fiesta los recién casados rumbo a la luna de miel, que no era muy lejos de allí. En la carretera solitaria en plena madrugada, Alejandro la miraba cada tanto y una media risa brotaba de sus labios.

—Un gran hotel de 5 estrellas en medio de la naturaleza bastaba para los dos. Llegaron y al entrar a la suite, observaron el lugar, en la cama había un corazón grande armado de pétalos de rosas rojas, todo estaba impecable. Alejandro abrió el grifo del jacuzzi, y se sacó los zapatos.

— ¿Y entonces que dices amor? — ¿Te gusta el lugar? —le preguntó e Isabel no dijo nada, caminó al balcón, abrió la puerta de cristal de par en par, y observó alrededor. Justo ahí, caía la luz intensa del alumbrado Público, más la de un gran hotel en frente.

Alejandro la observó confundido, estaba de espaldas a él, y entonces comenzó a quitarse el vestido, soltándolo en el suelo en su largura. Tenía una media liga con encaje blanco y una lencería al tono. Se soltó el cabello, y giró a mirarlo apoyando su cintura en la murallita del balcón con sus piernas medio abiertas, su mirada era un llamado directo para su esposo, quien se acercó a ella de inmediato.

—Mi amor...me muero por estar contigo, pero alguien puede vernos aquí.

—Mira las luces de esos departamentos de enfrente, están prendidas —alegó el.

Pero Isabel siguió en silencio, se paró de puntillas y lo besó, tomó su mano, y la colocó en el encaje de sus glúteos y él le respondió desnudándola.

La arrimó contra la pared y el balcón, colocándose entre sus piernas y levantó su cuerpo, mientras se adentraba en el calor de su piel. En el jacuzzi le dieron continuidad a su pasión y terminaron acostados en la cama sobre los pétalos de rosa.

Alejandro la miró enamorado, percibió que el sueño la visitaba, entonces ordenó la cama, besó su vientre y la acobijó y lo mejor de la mañana fue encontrarla dormida a su lado.

Cuando regresaron, compraron algunos muebles para la casa. Alejandro abrió una oficina en Encarnación cerca de su casa, tal como sus padres habían soñado.

Ahora podían tenerlo cerca, y con el correr de los meses los abuelos primerizos, ayudaron a tener listo el cuarto del niño, hasta que finalmente había llegado el día del nacimiento.

Isabel dio a luz a un varón, y desde que lo vio lo amó con su alma entera. Se pasaba el día cuidándolo, mientras el crecía. Con el tiempo todo se había arreglado, se graduó y trabajaba medio turno.

En el juicio de Édison, se le agregaron más cargos, y el juez le dio 20 años de prisión, y también se investigó a los involucrados en la falsificación de los documentos de Isabel, a quienes supuestamente el señor Julio Sagarra, había entregado sumas importantes de dinero para conseguirlos.

La señorita Alicia, secretaria del Dr. Benjamín le puso fin a su relación con el aquel señor. Dicen que un clavo quita otro, ¿no? bueno, eso le funcionó de maravillas.

Ahora se encontraba feliz con un hombre soltero, y dispuesto a ella, es decir un caballero que estaba justo a su lado cuando lo necesitaba, un compañero para su vida. Comenzó a estudiar enfermería por las noches, y obtuvo un aumento salarial en el consultorio.

Un día Leticia visitó a Isabel, dispuesta a conocer la ciudad de Encarnación. Salieron a cenar y fue ahí donde conoció a su amor tan esperado, un hombre alto delgado de piel canela capaz de despertar en ella el deseo.

Comenzó una relación de esas bonitas entre los dos, y pronto las cosas se tornaban a más serias. El caballero llamado Rubén, le pidió matrimonio a Leti, él tenía su propio negocio, así que ella debía mudarse a su ciudad, todo estaba en preparación.

El doctor Benjamín y Laura podían disfrutar todos los días un rato con su pequeño nieto, lo llevaban a pasear en su carrito, y fueron felices cerca de su Hija.

Laura, tuvo finalmente lo que siempre había soñado, una amiga en su hija, con el tiempo podía hablar con ella de cualquier cosa, ir al Spa, de compras o ver películas juntas.

Alejandro siempre le recordó a Isabel que la amaba, y con el tiempo eso le funcionaba a la perfección.

—Mi amor... aprovechando que el niño no está, me daré una ducha tibia...y... dejaré la puerta abierta —anunció y ahí estaba de nuevo su mirada seductora que lo invitaba a seguirla a donde fuera.

—Bueno, mi amigo canino Tomás.

—Debo, atender a tu madre, quédate aquí, no quiero espectadores —dijo Alejandro, se sacó la camisa y se dirigió siguiendo los pasos de su esposa con una sonrisa.

Mi amor por ti.

Mi amor por ti, va mucho más allá de lo que puedo ver.

Mi amor puede esperar por ti, más años de lo que puedes imaginar.

Mi amor es humilde y sincero, capaz de quedarse a tu lado una eternidad.

Mi amor tiene la capacidad de comprender las pequeñeces del mundo y yo por nada lo cambiaría.

En un rincón de tu alma, anhelo que puedas comprender la grandeza de mi amor, mi amor por ti.

Made in the USA
Middletown, DE
22 October 2022